À L'OMBRE DES ÉRABLES ET DES PALMIERS

Guy Bélizaire

À l'ombre des érables et des palmiers

Nouvelles
2ᵉ tirage

Collection Vertiges
L'Interligne

Catalogage avant publication de Bibliothèque et Archives Canada

Bélizaire, Guy, auteur
    À l'ombre des érables et des palmiers : nouvelles / Guy Bélizaire.

(Collection Vertiges)
Publié en formats imprimé(s) et électronique(s).
ISBN 978-2-89699-593-6 (couverture souple).--ISBN 978-2-89699-594-3 (PDF).--
ISBN 978-2-89699-595-0 (EPUB)

    I. Titre. II. Collection : Collection Vertiges

PS8603.E44525A64 2018   C843'.6   C2017-
908066-0

                                        C2017-908067-9

L'Interligne
435, rue Donald, bureau 337
Ottawa (Ontario) K1K 4X5
613 748-0850
communication@interligne.ca
interligne.ca

Distribution : Diffusion Prologue inc.

À mon frère Claude, qui fit en sorte que sa famille et plusieurs proches se retrouvent à l'ombre des érables.

« C'est cela l'exil, l'étranger, cette inexorable observation de l'existence telle qu'elle est vraiment pendant ces quelques heures lucides, exceptionnelles dans la trame du temps humain, où les habitudes du pays précédent vous abandonnent, sans que les autres, les nouvelles, vous aient encore suffisamment abruti. »

Louis-Ferdinand Céline, *Voyage au bout de la nuit*

1

L'ACCENT

Sa décision était prise : il abandonnait sa recherche. Depuis une heure, il tournait en rond. Pourtant, il avait bien noté l'adresse qu'on lui avait donnée au téléphone, mais pas moyen de trouver cette maudite entreprise. Toutes les maisons se ressemblaient et rien dans l'architecture de ce quartier ne laissait supposer l'existence d'un quelconque commerce. Constatant qu'il venait d'être berné une fois de plus et qu'on lui avait fourni une fausse information, il comprit qu'il ne lui restait plus qu'à rentrer. Mais comment retrouver l'arrêt de l'autobus par où il était arrivé ? Il n'osait pas se renseigner auprès des rares passants qu'il croisait ; les regards qu'on lui jetait ne l'incitaient guère à entreprendre une telle démarche. Il décida donc de continuer son chemin, errant, dans l'espoir de tomber sur une indication.

Il aurait donné n'importe quoi pour se retrouver ailleurs, se sentant mal à l'aise dans ce quartier résidentiel. Non qu'il eût peur de se faire lyncher : cette coutume n'était plus en usage. C'était plutôt une sensation bizarre, causée par la vue d'une richesse inaccessible : des maisons trop belles, des voitures trop luxueuses.

C'était quand même une très belle journée d'été, avec un soleil que d'autres qualifieraient de radieux. Lui, il sentait surtout ses rayons darder sa peau bronzée.

Il avait chaud, sa chemise lui collait à la peau et ses jambes, bien qu'habituées à la marche, avaient besoin de repos.

En sens inverse venait une femme d'un certain âge qui promenait son chien. Il hésita, puis décida de l'aborder : « Pardon madame... » Il n'eut pas le temps de terminer sa phrase ; sans même le regarder, la dame continua son chemin, d'un pas plus pressé. Il avait pressenti ce comportement. Ce n'était pas la première fois qu'il vivait une telle situation. Il se souvenait qu'un jour, la fille à qui il avait voulu demander une information s'était sauvée en courant quand elle avait remarqué à qui elle avait affaire. Il en était resté interloqué, se demandant pourquoi elle avait eu si peur... Cette fois-ci cependant, l'attitude de la dame ne le surprit point, comme si, peu à peu, il s'était habitué à causer de la peur par sa seule présence. Il continua donc de marcher, tel un automate, dans l'espoir de trouver la sortie de ce labyrinthe.

Sans savoir comment, et au moment où son désespoir et son découragement atteignaient leur paroxysme, il se retrouva dans une rue avec plus d'activités. Des commerces avaient remplacé les maisons cossues. Avec soulagement, il remarqua alors une pancarte indiquant l'arrêt d'un autobus. Se foutant bien de la direction qu'il ne pouvait d'ailleurs déterminer, il s'assit au bord du trottoir, s'adossant au poteau au sommet duquel trônait la pancarte tant recherchée. *Il finira bien par me conduire au métro*, se dit-il. Il était vidé, la sueur inondait son front et sa chemise lui collait encore plus à la peau. Il se sentait minable, un moins que rien, et les regards que ne manquaient de lui jeter les passants ne faisaient qu'accentuer cette sensation. Il se répétait les mêmes questions, celles qui lui venaient à la bouche chaque fois qu'il essuyait un coup dur, et Dieu sait à quel rythme cela arrivait : *Qu'est-ce que je fous ici ? Ne serait-ce pas mieux là-bas ? Jusqu'à quand cela va-t-il durer ?* Des questions auxquelles il ne pouvait répondre.

Lorsque l'autobus se pointa, il y monta et alla s'installer à sa place préférée, au fond, à l'avant-dernière rangée, dans le coin droit du véhicule. C'était pour lui l'endroit idéal car, de là, on se sentait moins observé tout en ayant une vue panoramique sur les passagers assis en avant. Et, chose importante pour lui, compte tenu de sa taille, l'espace pour les jambes était moins restreint. Il se laissa tomber sur le banc sans manifester aucune joie, comme si la rage sourde et impuissante qui grondait en lui avait éliminé tout autre sentiment et que tout son être s'était concentré en un énorme bloc de déception. Mais comme s'il ne l'avait pas déjà assez expérimenté, ce jour-là devait encore lui apprendre ce que vivaient les animaux dans les zoos. En effet, la vieille dame assise sur le siège latéral gauche passait son temps à lui jeter des regards en coin, de façon discrète mais insistante, si bien qu'à la fin, elle n'arrivait plus à cacher son jeu.

Au début, il ne porta pas attention à l'observatrice, essayant plutôt de profiter de la brise fraîche qui entrait par la fenêtre entrouverte. Après une telle marche forcée, c'était ce qui pouvait lui arriver de mieux. Perdu dans ses pensées, il regardait défiler le paysage, l'esprit ailleurs. D'autres images se présentaient à ses yeux, plus nettes, celles de là-bas. Des questions lui trottaient encore dans la tête, et la vieille dame, elle, continuait son observation. *Vas-y, vieille conne, tu finiras bien par te fatiguer*, pensa-t-il, pour aussitôt retourner à ses réflexions : *...et dire que je pensais en finir avec les emmerdements en venant ici, mais la bêtise des hommes est universelle ; si elle change de forme et de pays, ses effets sont tout aussi néfastes. C'est trop tard à présent, je ne peux plus faire marche arrière, et puis il y en a bien qui se tirent d'affaire, alors à moi d'en faire autant.* Il se répétait souvent cette phrase pour s'encourager, et souvent, quand il rencontrait ou voyait un des siens dans ce qu'il considérait comme une bonne position, cela le motivait, l'aidait à continuer, à se battre, à tenir le coup malgré les échecs et les déceptions.

La brise faisait son effet ; doucement, il commençait à s'assoupir quand un arrêt brusque de l'autobus le ramena à la réalité. En ouvrant les yeux, il rencontra le regard de la vieille dame qui continuait son observation et soudainement, il fut agacé au point de ne plus pouvoir se retenir. « Dites donc, madame, c'est la première fois que vous voyez un nègre ? »

Cette sortie brusque paraissait effrayer la vieille qui augmenta vite la distance la séparant de l'étranger, prudence oblige. Dès lors, elle feignit de l'ignorer.

L'autobus continuait son chemin et roulait à présent dans des secteurs connus. Le métro n'était plus très loin. Au prochain arrêt, il fallait descendre. Il se mit debout pour se rendre à la porte de sortie. La vieille en le voyant bouger se mit aux aguets, pour être sûre de ce qui se passait, au cas où... Quand il fut à sa hauteur, pour plus de précautions et dans un geste qui ne laissait aucun doute sur l'objet de ses craintes, elle serra sur sa poitrine son sac à main, de peur qu'on ne la dépossède de son bien. Ce comportement l'offusqua tant et si bien qu'il ne put cacher davantage son mécontentement, au point de devenir vulgaire. « Vous me prenez pour un voleur ? Allez donc vous faire foutre ! »

La vieille poussa un petit cri étouffé et, maintenant que l'autre était plus près d'elle, serra encore plus son sac contre sa poitrine. Il n'y eut aucune réaction de la part des autres passagers. Lui, tout de suite après, trouva malgré tout la scène drôle et ne put s'empêcher d'esquisser un sourire. Au moment de descendre, alors que la porte de l'autobus s'ouvrait, il présenta à la vieille un majeur bien dressé que celle-ci accueillit en détournant la tête. Elle attendit que l'autre soit complètement dans la rue pour crier en sa direction : « Retournez donc chez vous ! »

Il faisait chaud dans le petit appartement et ses premiers gestes en y pénétrant furent de se débarrasser de sa chemise trempée. Il avait envie d'une bière très froide, mais dut se contenter d'un grand verre d'eau parce que ça, au moins, c'était gratuit. Il était crevé, lessivé. Il voulait dormir, dormir pour tout oublier, ne serait-ce que l'espace d'un moment. Là encore, il fut vaincu ; le sommeil ignorait ses appels. Alors il occupa son temps à réfléchir sur sa situation, aux illusions qui s'envolaient, à sa journée qui pourtant avait si bien commencé par cette visite au centre de placement, ce poste vacant pour lequel il n'avait qu'à se présenter pour être embauché, bien sûr après avoir téléphoné, et ce coup de fil qui laissait entrevoir tant d'espoir, et pour finir cette mauvaise adresse parce qu'on ne voulait pas de lui… Et au moment de s'endormir, il se dit qu'une fois de plus, son accent lui avait joué un mauvais tour.

2

LA CHUTE

Sa démarche en disait long sur la journée qui s'achevait : dure et éreintante, sûrement passée à faire le ménage dans un quelconque immeuble ou assise devant une machine, à coudre des vêtements qu'elle ne pourrait jamais se payer. C'était là son eldorado. Avec ce qu'elle gagnait, combien de personnes faisait-elle vivre ? Pour qui se sacrifiait-elle ? Des enfants et des adultes ? Ici et là-bas ? Nul doute que plusieurs se nourrissaient de sa sueur, de ses frustrations, de ses humiliations. Peut-être même, se foutant de ce qu'elle endurait, réclamaient-ils toujours un peu plus ?

Elle marchait d'un pas traînant, transportant sa misère dans un corps pas si vieux mais qui avait perdu de sa jeunesse, si jamais il avait déjà été jeune. Elle était peut-être sortie de l'enfance pour tout de suite entamer sa vie d'adulte, avec le lot de difficultés que cela comporte. Ses vêtements trahissaient un manque de goût, une absence d'élégance qu'elle n'avait jamais eu le luxe de cultiver, ce luxe qui vient quand l'essentiel est comblé et non quand on se bat pour sa survie. Un manteau un peu trop grand qui lui donnait un air d'épouvantail. Des bottes qui lui arrivaient jusqu'au bas du genou, choisies plus pour combattre le froid que pour leur côté esthétique.

Le temps était doux en ce début de printemps, mais sa tuque était bien vissée sur sa tête. Procédé pratique qui évite d'avoir à coiffer des cheveux nécessitant des soins plus poussés qu'un entretien quotidien. Ses lunettes étaient démodées. Protégeaient-elles encore ses yeux usés ? Les avait-elle achetées ou reçues d'une âme charitable ?

À quelques mètres de moi, venant en sens inverse, elle attira tout de suite mon attention. En la regardant, j'eus l'impression de connaître son histoire. Les quatre sacs en plastique qu'elle transportait, deux dans chaque main, étaient visiblement trop lourds pour elle. Elle venait sûrement de faire le marché et, une fois arrivée à la maison, elle allait s'occuper de nourrir ceux qui l'attendaient.

Péniblement, elle se dirigeait vers l'arrêt d'autobus en espérant avoir un siège, ce qui, à cette heure, était peu probable, car en cette fin de journée les gens déser- taient les bureaux. Qu'importe ! Une fois à l'intérieur, elle déposerait son barda par terre afin de reposer ses bras fatigués. Encore quelques pas avant de s'arrêter pour attendre l'arrivée du véhicule. La journée avait été longue : possiblement plus de chambres à nettoyer ou plus de vêtements à coudre, ou pire, son patron l'avait sévèrement engueulée. Avait-elle fait du temps supplé- mentaire pour envoyer un peu plus d'argent là-bas où on la croyait riche et heureuse ? Elle espérait en faire venir un ici, le plus apte à passer à travers les mailles du filet des lois sur l'immigration. En attendant, il fallait s'échiner un peu plus, courber la tête un peu plus bas, subir le mépris des autres et continuer à dire « oui Monsieur, merci Madame »…

Perdue dans ses pensées, elle ne vit pas arriver l'autobus qui la dépassa en lui crachant à la figure un nuage de fumée mêlée de poussière soulevée par le tuyau d'échappement. Pour un bref instant, elle en fut aveuglée. D'abord, elle accéléra le pas, mais très vite elle se rendit compte que ce n'était pas suffisant. Elle se mit à courir, ou plutôt elle voulut courir ; mais ses jambes, lasses d'une journée éreintante, étaient incapables de tant d'efforts. De plus, une telle entreprise requiert l'aide des bras, qui tel un balancier donneraient un certain équilibre au corps. Les bras voulaient bien, mais les sacs qu'ils transportaient ne leur facilitaient pas la tâche. C'était trop demander à ce corps qui n'en pouvait plus et, au bout de quelques pas, elle s'étala de tout son long, sans même pouvoir alléger la chute en projetant les bras en avant comme on le fait d'instinct. Son visage heurta le sol et tout de suite du sang se mit à sortir de sa bouche, qu'elle s'efforçait de garder fermée sans y parvenir, affectée par la douleur.

Très vite, de bons Samaritains l'entourèrent pour lui porter secours. Certains sortirent rapidement leur téléphone cellulaire pour appeler une ambulance. Elle n'en avait pas besoin ; habituée aux coups durs, elle se releva péniblement, aidée par une femme qui arrivait difficilement à cacher la pitié inscrite sur son visage. D'autres ramassèrent les articles qui étaient sortis des sacs pour se répandre autour d'elle. Il ne fallait rien perdre de ce qui, peut-être, était la nourriture de toute la semaine.

Une fois remise sur pied, elle remercia à la ronde ceux qui lui avaient prêté main-forte, timidement, en évitant de les regarder dans les yeux, car c'est toujours dans les yeux que les sentiments se manifestent. Or elle n'avait nullement le goût d'étaler sa honte en présence de ces braves étrangers.

L'autobus avait repris son chemin depuis un bon moment déjà. Elle franchit les quelques pas qui la séparaient du point d'arrêt en essayant tant bien que mal de cacher sa douleur et sa honte. Elle s'assit sur le banc pour attendre et seulement à ce moment, elle se déchargea des sacs qu'elle n'avait pas lâchés, même durant sa chute. Tranquillement, elle les déposa devant elle et tira de sa poche un mouchoir, qu'elle colla à sa bouche pour essuyer le sang qui, maintenant, envahissait son menton.

Certains passants la regardèrent sans la voir vraiment, sans se rendre compte qu'ils avaient sous les yeux toute la misère du monde, la misère des gens qui ont quitté leur pays à la recherche du paradis.

3

LA FUITE

DE L'ENDROIT OÙ IL ÉTAIT, Télort ne pouvait voir l'étoile filante. Celle-ci venait de strier le ciel clair pour décrire un arc de cercle. Ainsi, l'homme n'aurait aucune raison de s'inquiéter.

D'habitude, un tel phénomène lui flanquait la trouille. Il croyait dur comme fer que chaque fois, c'était pour annoncer la mort de quelqu'un dans le village. Bien sûr, en pensant ainsi, il ne pouvait s'empêcher d'envisager sa propre mort. Il avait hérité cette vieille croyance de sa mère, morte quelques heures après avoir observé le déplacement d'une étoile.

Depuis, Télort, une fois la nuit tombée, évitait autant que possible de regarder le ciel. Malgré cette phobie, il était fasciné par les étoiles ; et bien qu'il redoutât toujours d'être le témoin de leur mouvement, il ne pouvait s'empêcher, de temps en temps, d'admirer leur beauté, quitte à être hanté ensuite par l'idée de sa disparition prochaine.

Il avait appris que chaque personne sur terre avait son représentant dans le ciel, et quand parfois il risquait un regard vers le firmament, c'était dans l'espoir de découvrir son équivalent lumineux. Cette nuit-là pourtant, ses préoccupations étaient plutôt sur terre. N'arrivant pas à comprendre ce qui lui arrivait, il s'inquiétait de la suite des choses.

Il entamait sa troisième journée de cavale, après avoir quitté à la hâte le village afin d'échapper aux hommes mandatés pour le ramener à leur chef. Il avait fallu toute la force de persuasion de son oncle Salnave pour le convaincre, car se sachant innocent, Télort avait catégoriquement écarté la fuite comme solution. De plus, pour lui, c'était un signe de lâcheté. Poussé par la fougue de sa jeunesse, il voulait faire face à ces hommes, leur expliquer qu'il était innocent, et ensuite reprendre sa petite vie tranquille. Mais l'oncle fut assez convaincant et, après une longue discussion avec son neveu, il obtint le départ de ce dernier, « le temps d'user de mon influence pour arranger les choses ; après tu pourras revenir », lui avait-il dit.

Ce fut ainsi qu'en pleine nuit Télort quitta le village pour gagner les mornes en vue d'arriver chez une cousine éloignée de l'oncle, qui avait accepté de le cacher quelque temps. Mais, malgré toutes ses démarches et son influence, l'oncle Salnave n'avait pu obtenir le pardon pour son neveu dont la tête était mise à prix. Des hommes armés ratissaient le village à sa recherche. Son crime était impardonnable, disait-on, et rien ne pouvait lui épargner le châtiment qu'on infligeait à ceux qui osaient défier l'autorité.

Dès lors, il fut décidé que Télort quitterait le pays, la seule solution pour le garder en vie. Dans le village, ce procédé était devenu monnaie courante et déjà plusieurs jeunes gens avaient dû prendre le large, mais jamais l'oncle n'aurait cru que cela arriverait à ce garçon si raisonnable qu'il chérissait comme son fils depuis qu'il avait perdu ses parents alors qu'il n'était encore qu'un enfant.

Par moments, Télort avait l'impression de vivre un mauvais rêve, un rêve absurde. Mais après trois jours de cavale et toutes les précautions qui s'imposaient autour de lui, il commençait à se sentir comme un animal traqué, ce qui était le cas. Il comprit alors que pour sauver sa peau, il fallait partir. Toutefois, au lieu de la Floride, terre étrangère avec une langue qu'il ne comprenait même pas, il avait choisi le sud du pays, où travaillait un autre de ses oncles. Là encore, Salnave avait dû user de tous les arguments possibles pour que le neveu comprenne qu'une fois la chasse entreprise, il ne serait en sécurité nulle part sur l'île, la seule solution étant l'exil.

Le plan était prêt, il se déguiserait en femme pour se rendre à la ville, et de là, il embarquerait sur un de ces petits bateaux en partance pour Miami. L'oncle et le neveu étaient conscients des dangers que comportait un tel voyage, mais ils savaient aussi que c'était l'ultime chance, car tant que ces gens-là faisaient leur loi, Télort devrait continuer à vivre caché et, tôt ou tard, il finirait par disparaître ou son cadavre se retrouverait dans une ruelle sordide, comme beaucoup d'autres.

Le départ était prévu pour le lendemain, et le jeune homme ne pouvait s'empêcher de penser que c'était peut-être sa dernière nuit dans son village. Assis sous le manguier, tout en haut de la montagne qui surplombait le village, les feuilles de l'arbre lui cachaient le ciel. Il avait choisi exprès cet endroit, pour se cacher le plus possible de la voûte céleste. Ce voyage lui faisait terriblement peur et voir une étoile filante n'aurait fait qu'augmenter sa crainte d'aller prendre la mer. Il trouvait injuste toute cette histoire et, dans son cœur, la colère grondait. On l'accusait d'un crime qu'il n'avait pas commis, et quel crime ! Sur l'une des photos du président collées un peu partout dans le village, on avait fait un trou à la place des yeux et on l'avait accusé de ce méfait. Pour une photo qu'il n'avait même pas touchée, il se voyait obligé de s'exiler dans un pays étranger et, surtout, dans les pires conditions.

Quand les amis de l'oncle vinrent le chercher, il se leva sans dire un mot, enfila la robe qu'on lui remit, plaça la perruque sur sa tête et, une fois affublé de ces artifices qu'il trouvait ridicules, il entreprit de suivre les deux hommes vers la ville. Durant tout le trajet, aucun mot ne fut échangé. Télort garda la tête baissée, pour éviter de regarder le ciel et pour ne pas être identifié au cas où il croiserait quelqu'un qui le connaissait, ce qui était peu probable vu l'heure tardive et son accoutrement.

Arrivés à la ville, au lieu de prendre la direction du port, ils se rendirent dans la baie où le bateau les attendait. C'était là qu'embarquaient ceux qui partaient de façon illicite. Cette opération n'était nullement inconnue des autorités, mais tout le monde fermait les yeux, car le capitaine payait chèrement son droit d'opération. Télort fut le dernier à prendre place dans la petite embarcation dangereusement remplie. Il remercia les deux hommes et se mit à jouer des coudes pour se tailler une place parmi les passagers. Puis, tranquillement, il se débarrassa de son déguisement sans que personne n'y prêtât attention, vu qu'ils étaient plusieurs à utiliser ce stratagème pour passer inaperçus et arriver là où ils étaient.

Quand le capitaine leva l'ancre, il faisait encore nuit et, dans le ciel, des milliers d'étoiles scintillaient comme pour éclairer les fuyards. En bon croyant, Télort se signa afin de demander la protection de saint Christophe, patron des voyageurs. À la fin de son geste, au moment où sa main touchait son épaule droite, sans savoir pourquoi, il fit ce qu'il avait évité de faire durant toute la soirée, il leva la tête vers le ciel. À ce moment précis, une étoile qui lui semblait plus lumineuse que les autres décrivit un arc de cercle.

4

LE BANC

D'HABITUDE, J'ÉVITE DE M'ASSEOIR sur un banc déjà occupé, pour ne pas empiéter sur l'intimité des gens. Les rares fois qu'il m'arrive de passer outre à ce principe, je suis toujours gêné par le brusque mouvement de recul qu'entraîne mon arrivée, comme si mes maigres fesses avaient besoin de plus d'espace. Parfois, ma présence semble si pénible à supporter qu'on ne tarde pas à me céder toute la place alors que je n'en réclame, et encore timidement, qu'une partie. Est-ce aussi pour ne pas me déranger que souvent on évite de venir me tenir compagnie quand pourtant, autour de moi, les sièges se font invitants ? Allez donc savoir !

Ce soir-là cependant, j'avais mis de côté mes scrupules et je n'hésitai pas une seconde à aller m'installer sur ce banc, malgré la présence de celle qui m'avait précédé. C'était dans un joli petit parc, non loin de l'endroit où je vivais dans ce temps-là. Mes copains et moi avions l'habitude d'occuper ce banc tous les après-midi de l'été. Nous le préférions aux autres parce qu'il était situé à l'une des extrémités ; de ce fait, il nous donnait une vue d'ensemble du parc et de la rue adjacente. Là, nous pouvions regarder défiler les passants, mais en retrait. Dans notre jeunesse, là-bas au pays, c'était une de nos activités préférées, et nous passions des heures assis, à blaguer, à émettre des commentaires sur ceux qui s'offraient à notre vue, en y mettant plus d'entrain quand il s'agissait de filles. Sur ce banc, nous essayions de recréer tant bien que mal l'atmosphère d'antan, toutefois avec plus de discrétion, filles ou pas ; en d'autres lieux, d'autres mœurs, et ici, certains comportements pouvaient prendre une autre connotation et entraîner des conséquences fâcheuses.

Après quelques minutes aux côtés de la demoiselle, j'étais déjà heureux que mes copains, qui avaient sans doute des occupations plus intéressantes, aient déserté le parc. Pour une fois, je me retrouvais donc en compagnie d'une inconnue. De toute évidence, elle n'était pas une habituée des lieux et, donc, pas au courant de nos coutumes. Autrement, comme les autres, elle n'aurait pas choisi ce coin qui, sans que nous l'ayons demandé, nous était presque réservé.

Si ma présence la dérange, m'étais-je dit, *elle n'aura qu'à foutre le camp*. Mais, selon toute apparence, elle n'avait nulle intention de partir ; d'ailleurs, elle ne semblait même pas me remarquer. Perdue dans ses pensées, elle fumait tranquillement une cigarette d'un air complètement détaché. Au fond de moi, je me réjouissais du fait qu'elle gardât sa place : cela signifiait que je ne l'avais pas du tout gênée, du moins en apparence.

Après quelques minutes, cette présence commençait à me plaire, me donnait l'impression de ne pas être le seul à ne pas savoir profiter d'une si belle soirée. Discrètement, je risquai un coup d'œil dans sa direction, histoire de voir à qui j'avais affaire. Cette inspection, quoique rapide, me révéla un joli profil, ce qui fit augmenter ma joie. Par une belle soirée d'été, j'étais en compagnie d'une ravissante jeune fille... Je renversai ma tête sur le dossier du banc et me mis à contempler les étoiles, tout en cherchant une formule qui me permettrait d'entrer en contact avec la belle inconnue, de briser la glace. Mais j'avais beau scruter le ciel, me creuser les méninges, rien n'en sortait, ces dernières restaient vides comme le chapeau d'un mendiant. Je ne trouvais aucune phrase-clé, aucun geste d'introduction.

Pendant ce temps, ma voisine continuait de griller sa cigarette, et la fumée, par l'effet du vent, passait par mon visage avant de se perdre dans l'air. Loin de me sentir importuné, je me mis à apprécier cette fumée qui, me disais-je, avait passé par sa bouche. Respirer cette fumée secondaire, c'était ma façon d'entrer en communion avec elle : comme je me serais enivré de son parfum, mon visage niché au creux de son cou ! J'aurais passé la soirée entière à ses côtés et, peut-être, même la nuit, comme ça, sans dire un mot, à me contenter de sa présence et de sa fumée. Oh ! Je sais, nous étions chacun à une extrémité du banc et quiconque, en nous voyant, se serait douté que nous étions de parfaits étrangers. Mais peu importaient les opinions des autres : ce qui comptait, c'est que j'étais bien avec elle.

Quand elle se leva pour partir, je sentis tout d'un coup le ciel me tomber sur la tête. L'espace d'un instant, je fus tenté de lui crier qu'elle n'avait pas le droit de m'abandonner ainsi, mais je me retins, ne voulant pas passer pour un fou. Je la regardai s'éloigner, la tête droite, humant le vent, toujours avec son air détaché, sans se rendre compte qu'elle venait de faire un malheureux. Mon regard suivit sa silhouette jusqu'à ce qu'elle eut disparu au coin de la rue, et c'est à ce moment que je sentis l'effet du ciel sur ma tête : un grand vide, une grande tristesse. Et je compris que je devais quitter ce parc qui me parut du coup terriblement vide, affreusement triste.

Je m'apprêtais à partir quand je remarquai, posé à côté de la place qu'elle venait de quitter, un sac à main. Je m'approchai et posai mes fesses là où quelques secondes plus tôt se trouvaient les siennes. C'était encore tout chaud et je me tins là, profitant de cette tiédeur, me disant qu'elle n'allait pas tarder à revenir une fois qu'elle aurait constaté son oubli. Cette fois, j'étais décidé à lui parler. Je me mis à imaginer ce que j'allais lui dire, répétant les phrases dans ma tête. De temps en temps, je jetais un regard vers la sacoche pour m'assurer qu'elle était encore là. C'était le sujet de mon entrée en matière, et je ne tenais pas à ce qu'il disparaisse, même si, dans les circonstances, c'était tout à fait impossible.

Je restai longtemps à guetter sa venue et chaque passant qui se pointait faisait battre mon cœur un peu plus vite, rendait mon souffle un peu plus court. Mais elle ne semblait pas pressée de revenir. Je n'osais pas toucher l'objet de mon espoir, de peur qu'elle ne me surprît en train d'exécuter ce geste, et puis, de toute façon, le contenu importait peu, elle serait contente de voir que je ne m'étais pas sauvé avec son bien, que j'étais un gars honnête.

Je patientais encore quand mon copain Joseph arriva. J'aime bien Joseph, mais jamais je ne fus si mécontent de le voir et, malgré moi, quand il me salua, je lui répondis froidement, sans enthousiasme. Il ne semblait pas remarquer mon attitude. Il s'assit, prit une grande respiration et me sortit la phrase classique que j'aurais peut-être dû employer quelques minutes plus tôt :

— Il fait beau, hein !

— Ouais, répondis-je.

Cette réponse eut l'air de le surprendre. Peut-être attendait-il d'autres commentaires et, comme aucun son ne sortait de ma bouche, il sentit le besoin de se pencher vers moi pour me regarder de plus près et il ajouta :

— Ça n'a pas l'air d'aller pour toi. Des problèmes ?

— Ça va très bien, ne t'en fais pas.

Au fond de moi, je pensais : *Casse-toi, mon vieux, j'attends quelqu'un et tu me gênes.* Je n'osais pas exprimer ma pensée, puisqu'il n'aurait pas raté l'occasion de me bombarder de questions : Qui c'est ? Comment l'as-tu rencontrée ? De quoi a-t-elle l'air ? Des questions auxquelles je n'aurais pu répondre, puisque je savais seulement qu'elle avait un beau profil.

Joseph se mit à me raconter sa soirée. Il avait été au cinéma avec une nouvelle copine. Elle était belle, et ce n'était qu'une question de temps avant que « la chose n'arrive ». Il parlait, parlait, de la façon dont ils s'étaient connus, de leurs premiers mots, leurs premiers gestes. Moi, je me foutais de son histoire, j'avais toujours les yeux rivés sur l'endroit d'où la fille au beau profil était disparue. Je commençais cependant à redouter son retour, du fait de la présence de mon copain. Lui à mes côtés, je savais que les phrases que j'avais si soigneusement préparées ne sortiraient pas de ma bouche et qu'elle allait repartir avec son sac à main sans que je puisse placer un mot. Même que Joseph pourrait repartir avec elle, me la voler. C'était un risque réel, je connaissais trop bien mon ami, un vrai don Juan.

Je réfléchis à une nouvelle stratégie, une manière de réussir mon coup malgré la présence de ce casse-pieds. Rien ne me vint à l'esprit et l'autre, pendant ce temps, continuait son monologue. Je ne savais plus de quoi il parlait. De temps en temps, je captais une phrase, un mot, bien malgré moi. Devant mon manque d'intérêt, il ne se décourageait nullement. Joseph était de ceux qui pouvaient parler pour eux-mêmes, à eux-mêmes, sans se soucier de savoir si on s'intéressait à leur histoire.

Quand je compris que je n'avais aucune chance de réaliser mes plans, je décidai de lui fausser compagnie. Je ramassai discrètement la sacoche et me levai pour partir.

— Attends, écoute la fin, me dit-il.

— Non, mon vieux, il faut que je parte ; tu me la raconteras une autre fois.

Mon copain me regarda d'un air étonné, ne pouvant comprendre mon manque d'intérêt pour la fin de son histoire. Avant qu'il n'insiste pour que je l'écoute, je lui tournai le dos et partis d'un pas pressé, craignant qu'il ne se mette à me suivre, mais il avait gardé sa place. Je souriais en pensant qu'il se demandait sûrement quelle mouche m'avait piqué pour que je me sauve de façon si cavalière.

J'avais hâte de découvrir le contenu du sac à main. J'étais sûr qu'un indice allait me conduire à elle : une carte d'identité, une adresse sur un papier, un numéro de téléphone, n'importe quoi me permettant de la revoir, de lui parler, et peut-être... Puis, je changeai d'avis, fis un détour et retournai au parc. Je me plaçai dans un coin d'où je pouvais guetter le départ de Joseph afin d'aller reprendre ma place et d'y attendre l'arrivée de la belle inconnue ; car, à coup sûr, elle allait revenir chercher sa sacoche. Quelle femme peut se passer de son sac à main ?

Moins de cinq minutes plus tard, n'ayant personne à qui raconter son histoire, mon ami partit et je repris ma place.

Combien de temps passai-je sur ce banc ? Je ne saurais le dire. Assez toutefois pour commencer à m'assoupir à force d'échafauder des plans, de laisser vagabonder mon esprit et d'espérer le retour de celle avec qui je me voyais déjà en train de vivre le grand amour.

Les passants se faisaient rares, et j'étais sur le point de perdre espoir quand je la vis arriver par où elle était partie. Sauf que, surprise, elle n'était plus seule. Un grand costaud l'accompagnait et, de nouveau, je sentis le ciel me tomber sur la tête, sauf que cette fois l'effet était plus dévastateur, plus décevant. J'avais établi ma stratégie en pensant qu'elle se présenterait seule, qu'entre nous une vraie conversation s'établirait. En effet, une si longue attente méritait récompense.

Je crois que j'aurais pu accepter qu'elle ne revienne pas. Je serais rentré tranquillement chez moi pour essayer de trouver son numéro de téléphone et de la contacter. J'aurais eu encore ma chance, la partie aurait continué. Mais là, avec l'autre à son côté, tout était perdu. Pas une fois je n'avais envisagé son retour en compagnie d'un garde du corps. Et, pour avoir omis cette éventualité, je commençai à m'en vouloir. Comment avais-je pu m'imaginer qu'à une heure aussi tardive, une fille bien se pointerait seule dans un parc désert pour récupérer son sac à main qu'elle n'était même pas sûre de retrouver ? Je sentis une grosse boule de jalousie se former dans mon ventre et j'avais hâte de lui remettre son foutu bien pour qu'elle disparaisse avec son cerbère. Trop hâte peut-être, car avant même qu'ils soient près de moi, je me levai pour aller à leur rencontre. J'avais à peine fait quelques pas lorsque, pour la première fois, j'entendis sa voix. Mon sang se glaça dans mes veines, le rythme de mon cœur s'accéléra et mes jambes faiblirent tout d'un coup, ne voulant plus me porter. Je m'attendais à tout, à ce qu'elle refuse mes avances, ne daigne même pas me remercier ou à ce qu'elle adopte tout autre comporte- ment témoignant de son manque de reconnaissance à mon égard, mais pas à ça.

« C'est lui le voleur », criait la voix. Et l'autre d'en- chaîner : « Il se sauve. »

En deux temps trois mouvements, il fut sur moi. Le premier coup m'atteignit en plein visage. Les autres, un peu partout sur mon corps, mais ce fut surtout au cœur que j'eus mal. Quelques minutes plus tard, je tentais de tout raconter au policier, mais il n'a pas cru un mot de ma version des faits.

5

LA QUÊTE

JE MARCHAIS DEPUIS UNE HEURE, sans but précis, avec le vague à l'âme. Il faisait beau. Le ciel était d'un bleu si pur qu'on aurait dit qu'un artiste adroit l'avait habillé d'un coup de pinceau. En cette fin de journée, le soleil semait ses derniers rayons sur une ville qui, tel un lézard, se laissait réchauffer. Le centre-ville semblait se réveiller de sa léthargie hivernale pour devenir le lieu de prédilection des promeneurs. Certains étaient accompagnés, d'autres défilaient seuls, mais les uns comme les autres laissaient transpirer leur bonne humeur et leur joie de vivre. J'étais dans ce torrent d'activités, cette marée humaine. Je suivais le courant sans pour autant réussir à m'y insérer, à faire corps avec lui.

Mon itinéraire était tracé d'avance : parcourir la rue Sainte-Catherine de la rue Guy jusqu'au boulevard Saint-Laurent. Je m'étais dit qu'à coup sûr, l'événement allait se produire, quelque chose allait arriver qui viendrait tout changer. Mais à chaque rue franchie, je perdais un bout d'espoir, un morceau d'illusion, pour me retrouver seul avec ce manque indéfinissable, ambigu. Parfois, je m'attardais plus qu'il ne le fallait aux feux rouges, guettant tous les visages susceptibles de combler le vide qui m'étouffait, épiant la moindre circonstance prometteuse, mais toujours, l'attente était vaine, je n'étais pas de la partie. J'avais beau ralentir le pas, lécher quelques vitrines et me montrer intéressé par quelques articles, peine perdue.

Après la rue De Bleury, je n'espérais plus rien ; une fois de plus, j'avais manqué le bateau, tout se passerait sans moi, et le sachant, j'étais devenu méchant. Par rancœur, je me mis à donner une autre vie aux gens que je croisais, surtout à ceux qui semblaient vraiment heureux. Je leur inventais une histoire, dans laquelle je leur confiais les pires rôles. Il y avait des cocus, des salopes, des cons, des imbéciles, des idiots, des racistes, des drogués et j'en passe. Tous des bons à rien, dont la joie apparente n'était qu'une façade, et je me disais qu'en réalité, ils étaient comme moi, mal dans leur peau, mais ne voulaient pas le laisser paraître. Ils déambulaient simplement, n'allant nulle part en donnant l'impression qu'ils avaient une destination, que plus loin on les attendait.

Ce petit jeu n'avait pas changé ma situation, mais il me permit néanmoins, pour un court instant, de me défouler, de déverser ma colère. Une colère inexplicable par ailleurs. Et arrivé au coin de la rue Saint-Denis, je fus étonné d'avoir parcouru une si longue distance sans m'en rendre compte. J'avais donc franchi ma limite et rien ne s'était produit. Comment aurait-il pu en être autrement ? Qu'est-ce qui aurait pu chasser mon cafard, me satisfaire, me rendre heureux ?

Je décidai de remonter la rue Saint-Denis et de m'arrêter au premier bistrot. Cette longue marche m'avait donné soif, et je voulais me payer une bière avant de rentrer chez moi. Les terrasses étaient bondées, mais je n'eus aucun mal à trouver une place dans une salle à demi obscure. Après ce bain de foule, c'était ce qui pouvait m'arriver de mieux : me retrouver seul avec moi-même. Quelques clients vidaient tranquillement leur verre ; tous des solitaires, comme moi. J'aurais aimé les approcher, leur parler, les connaître, mais je n'osais pas les aborder. Peut-être que nous aurions pu nous entraider, qui sait ? Mais je savais que cela ne se faisait pas, on n'aborde pas des inconnus sans motif valable ; je risquais de me faire rabrouer et cela aurait augmenté mon mal. Je restai donc seul dans mon coin ; les solitudes ne se mélangent pas.

En quittant le bistrot, je me sentais un peu mieux. Était-ce l'effet de l'alcool ou parce que j'avais simplement jeté l'éponge et que je n'attendais plus rien ? Je ne cherchais pas la réponse, je désirais simplement regagner mon deux pièces et demie, fuir la foule. Le soleil avait laissé sa place à une lune qui faisait sûrement le bonheur des amoureux. Moi, elle me laissait de glace : il aurait pu pleuvoir ou neiger que je n'aurais pas vu la différence. Je ne voulais plus rien.

Le métro était presque désert. Qui avait envie de s'enterrer par un temps pareil ? Et moi, assis sur ce banc, comme le dernier des minables, j'essayais de faire le vide. *Ne pense à rien*, me dis-je, *ça sert à quoi de vouloir atteindre le ciel quand tu ne sais même pas voler ? Fuis le présent, pense au passé, quand tout était tellement simple et facile que c'en était ridicule.* Et alors, les images se mirent à se bousculer dans ma tête, claires et nettes. Je revivais les souvenirs. J'aurais dû être écrivain, pour les fixer une fois pour toutes sur le papier blanc, pour les partager avec ceux qui ne savent pas. Tiens, là j'entends la voix d'Eddy ; il chante un boléro qui sort langoureusement de sa bouche. Ses doigts caressent sa guitare et, plus que des sons, celle-ci crache des soupirs. La chanson parle d'un amour malheureux et nous reprenons en chœur le refrain. Tony est debout. Il chante lui aussi, les yeux fermés, faisant face à son public : la mer qui danse avec les rayons de lune pour cavaliers. La cigarette change de main jusqu'à la dernière bouffée. La bouteille de rhum fait le tour et nous buvons à même le goulot. Soirée d'août à Cap-Haïtien, soirée passée à la belle étoile en compagnie des copains. Bientôt, nous quitterons le « Bord-de-mer » et irons dans nos maisons respectives, où nous rentrerons en catimini pour ne pas réveiller nos parents. En chemin, nous essayerons de botter les culs des chiens trop hardis qui japperont sur notre passage. Et, tranquillement, nous planifierons la journée de demain qui ressemblera à celle qui vient de s'écouler.

Au lieu d'attendre l'autobus, j'avais décidé de marcher jusqu'à mon appartement, quinze minutes de marche, loin de la cohue du centre-ville. La lune paraissait plus blanche dans un ciel qui avait viré au gris-bleu. Cette atmosphère apaisait mon angoisse sans pour autant l'effacer, car je savais que dans cette ambiance, comme ailleurs, il existait autre chose que des rues à arpenter dans une quête indéfinissable.

Une fois rentré, je me jetai sur mon lit, épuisé, déçu. Je repensai à mon après-midi. S'entremêlaient les images de la rue Sainte-Catherine et mes souvenirs de la Place de la Cathédrale, à Cap-Haïtien. De la foule d'inconnus sortaient des visages connus et, au lieu d'être seul à me balader, j'avais la compagnie de mes amis, comme jadis dans les rues de ma ville natale.

Les images défilaient au ralenti. Elles s'épuisaient avec moi. Le sommeil gagnait du terrain. Tant mieux. Pour moi, tout était toujours plus beau en rêve, et j'allais rêver davantage ; à Eddy, à Tony, à Raymond, aux autres. Pour une nuit, j'allais être heureux, j'allais oublier, m'oublier. J'allais rêver ma vie à défaut de vivre mes rêves.

6

« CAPO »

IL DÉAMBULAIT D'UN PAS TRANQUILLE ET INSOUCIANT.
Il errait dans les rues de cette ville qui n'avait rien à
offrir à sa jeunesse en manque d'activités, de rêves et
d'espoirs. Il n'allait nulle part, se laissant emporter au
gré de sa fantaisie, attiré par l'aspect d'une rue, les amis
qui y habitaient ou les gens qu'il apercevait. Parfois,
il s'arrêtait un bref instant, pour saluer un copain,
échanger quelques mots ou tout simplement décider
s'il fallait tourner ou continuer droit devant.

La grande place était à quelques rues ; il s'y rendit
et s'installa sur l'un des bancs, histoire de reposer ses
jambes. Là, il occupa son temps à regarder les passants,
surtout les filles, attardant son regard sur les plus belles.
Mais plus il les observait, plus il pensait à Rolande
et plus il trouvait qu'en matière de beauté, aucune ne
la surpassait. Elles n'avaient pas cette démarche fière
et élégante qu'on remarquait à plusieurs mètres de
distance. Ni les yeux, oui, les beaux yeux de Rolande, si
doux et qui lui donnaient un air triste et tendre à la fois.
Quant à sa bouche, il lui était difficile de la décrire. Ce
qu'il savait en revanche, c'est que chaque fois que l'occasion se présentait, il ne se lassait jamais de l'embrasser.

Et voilà qu'une fois de plus, il eut une envie incon-
trôlable de la voir tout de suite, comme si c'était la
chose la plus urgente au monde. Il quitta brusquement

le banc et se remit à marcher. Cette fois, il avait un but : la maison de sa bien-aimée. Cependant, après quelques pas il s'arrêta, car cette entreprise, en apparence facile, comportait quelques difficultés. D'abord, il lui était défendu de se présenter à sa demeure où, son amoureuse exceptée, on prenait plaisir à le détester ; ensuite, il redoutait l'attitude de Rolande qui le boudait depuis deux jours parce qu'il avait préféré un match de football à une séance de cinéma avec elle. Elle voulait aller voir ce film dont tout le monde parlait, *Des roses blanches pour ma sœur noire*. Le problème, c'est que son équipe de foot disputait une partie la même journée et à la même heure. Pour lui, le choix était clair : le film serait encore en salle pendant plusieurs jours, alors que le match ne pouvait être remis ou rejoué. Il avait beau exposer cette logique à Rolande, rien à faire, elle était vexée d'avoir été évincée par un sport qu'elle considérait comme sa principale rivale.

Sachant qu'elle agissait surtout par caprice, il décida alors de faire comme à l'accoutumée, c'est-à-dire d'aller se poster au coin de la rue jusqu'à ce que Rolande sorte de chez elle et l'aperçoive. Il reprit donc sa marche en espérant que son temps de purgatoire était échu, que la page était tournée. Bien sûr, dès le lendemain, sa faute avait été pardonnée ; néanmoins, Rolande continuait à le bouder, par caprice, et pour se faire désirer un peu plus.

Quand il arriva dans la rue où se trouvait la maison, il ralentit le pas, de façon à se donner plus de temps pour observer ce qui se passait autour et, au cas où Rolande serait dans les parages, afin de se donner une certaine contenance avant de l'aborder. Elle était là en effet, à quelques mètres de sa résidence, en train de parler à deux jeunes enfants. Tranquillement, il s'approcha d'eux, le sourire aux lèvres, un sourire qui se voulait charmeur et qui, espérait-il, inciterait au pardon. Il ouvrit la bouche pour prononcer son nom, et au même moment, Rolande se retourna et l'aperçut. Pendant un bref moment, il la vit hésiter, comme si elle était tiraillée entre le désir de se jeter dans ses bras et l'envie de continuer à l'ignorer. Il espéra en vain, car finalement, bien qu'à contrecœur, Rolande choisit la deuxième option, prit congé des deux enfants et se tourna pour rentrer chez elle. Henri, décontenancé par cette attitude, tenta de la rejoindre. Elle accéléra le pas. Il l'interpella : « Rolande. » Elle fit la sourde oreille et continua son chemin. Il l'appela de nouveau, mais il s'adressait à un mur ; elle poursuivit sa route, la tête haute, de sa démarche fière et élégante qui lui plaisait tant.

Cette attitude le paralysa. Il resta planté au beau milieu de la rue, se demandant s'il devait adopter une autre tactique ou poursuivre son chemin en attendant qu'elle se soit calmée, en vue de revenir à la charge à un moment plus propice. Ne pouvant pas la suivre jusque chez elle, le choix allait de soi. En effet, il lui était défendu de frapper à la porte de cette maison. Les sœurs de Rolande le lui avaient formellement interdit. Elles ne le trouvaient pas assez bien pour leur cadette. Pas pour une question de beauté ! Non, la beauté n'avait rien à voir dans leurs critères. C'était surtout que, côté financier, Henri n'avait rien à offrir. Comme la majorité des jeunes de son âge, il vivait de rêves et d'espoirs, et ces deux éléments ne pouvaient rien contre la faim et la misère.

Une fois, les sœurs étaient tombées sur un poème qu'il avait écrit et envoyé à Rolande. Après l'avoir lu, elles avaient déclaré à leur petite sœur : « Si tu penses que c'est avec des mots qu'il va pouvoir s'occuper de toi, tu seras vite déçue. » Elles voulaient que Rolande, comme elles, fréquente des militaires, des hommes de pouvoir aptes à leur offrir du concret, des avantages palpables, et non des rêves. Car dans ce pays où le travail était quasiment inexistant et les perspectives presque nulles, elles avaient décidé, comme tant d'autres, de se débrouiller par n'importe quel moyen, du moment que ce dernier assurait leur survie.

Rolande voyait les choses autrement, et elle avait jeté son dévolu sur ce garçon, même si souvent, par caprice, elle s'amusait à le bouder. Ses sœurs trouvaient qu'elle perdait son temps avec ce « vagabond », mais elle faisait partie des personnes qui gardaient leur grandeur d'âme même dans l'adversité.

Sonné par la rebuffade qu'il venait de subir, Henri, comme pétrifié, se tenait encore au beau milieu de la rue et digérait sa déception, lorsque sortit de la maison Marie, une des sœurs qui, alertée par la petite cousine, avait appris que le monsieur qu'elle n'aimait pas venait encore embêter Roro (surnom affectif qu'on donnait à Rolande). « Quoi, encore lui ? Mais c'est un vrai morpion celui-là ! Quand est-ce qu'il va enfin comprendre qu'on ne veut pas le voir dans le quartier ? » Tout en parlant, elle regardait Henri droit dans les yeux, pour lui faire entendre, sans le nommer, que c'était bien à lui qu'elle s'adressait. À cet instant, il aurait voulu l'étrangler, là, sur-le-champ. La colère faisait bouillir son sang. Il fut tenté de répondre à l'affront, mais réussit à se retenir, se contentant de soutenir le regard haineux qu'elle lui lançait, en signe de défi. L'ennemie au regard acide crut bon d'appeler des témoins. En un rien de temps, les deux autres sœurs étaient dehors et chacune y allait d'un commentaire désobligeant sur celui qui était considéré comme un pestiféré, *persona non grata*. Sentant que la situation risquait de dégénérer, Henri décida de fuir le groupe hostile, se disant qu'après tout, Rolande était différente et qu'il aurait bien le temps de la revoir. Ce fut à ce moment-là qu'il entendit la voix derrière lui :

— Hé toi, t'as un problème ? T'as pas compris que tu emmerdais ces gens ? T'as pas compris ça ?

Henri se retourna et vit devant lui un homme grand et mince, l'air menaçant. Il s'efforçait d'être gentil, mais en réalité, il brûlait d'envie de cracher à la figure de son interlocuteur, un militaire qui portait fièrement son uniforme kaki.

— Je m'excuse, « capo », je n'emmerde personne, répondit-il.

Dans son souci de bien faire, il avait commis une gaffe monumentale, car en appelant l'autre *capo* (diminutif de caporal), il lui donnait un grade inférieur à ce qu'il était vraiment, c'est-à-dire lieutenant, comme l'indiquaient les insignes plaqués sur ses épaulettes. Mais Henri ignorait tout des emblèmes militaires et l'homme prit cela pour une insulte.

— Ne m'appelle pas ainsi si tu ne veux pas que je te fende le crâne, rétorqua-t-il.

Henri savait que ce n'était pas des paroles en l'air, que l'autre pouvait effectivement le réduire en bouillie, car le clan dont il faisait partie avait souvent droit de vie ou de mort sur les habitants de ce pays. Et puis, il savait qu'aux yeux de son interlocuteur, il était coupable d'avoir réussi là où ses confrères avaient échoué, c'est-à-dire, gagné le cœur de Rolande. Visiblement, et pour cette raison, le militaire avait envie de le tabasser, par vengeance. Henri, lui, essayait de se faire petit pour sauver sa peau. Et il acquiesça à l'ordre reçu :

— Je m'excuse, « capo », je ne vous appellerai plus ainsi.

Sous l'effet de la peur, il venait, sans s'en rendre compte, de répéter l'erreur interdite, ce qui eut pour effet de mettre l'autre complètement hors de lui.

— Merde, il m'appelle encore *capo*. Mais c'est pas vrai, ou bien c'est un con, ou bien il veut vraiment m'emmerder. Tu ne vois pas à qui tu as affaire, petit salopard ? Tu sais ce que j'en fais, des idiots de ton espèce ?

Henri n'eut pas le temps de répondre à ces questions, car l'autre lui assena un violent coup de poing en plein ventre qui le fit se tordre d'une douleur aussi subite qu'insupportable. Plié en deux, cherchant à reprendre son souffle, tête baissée devant son assaillant, Henri reçut la balle en pleine nuque.

7

LE CLANDESTIN

LA PIÈCE EXIGUË AFFICHAIT un dénuement flagrant. Il n'avait pu trouver mieux et le prix du loyer lui permettait de maximiser ses économies. Un petit lit placé dans un coin, une table bancale flanquée de deux chaises dont l'une sans dossier, un comptoir d'à peine deux mètres au milieu duquel on avait bricolé un évier et sur lequel était placé un réchaud portatif à deux ronds. Sur le mur en haut de l'évier, on avait collé deux armoires. Pour se rendre à la minuscule salle de bain, il fallait contourner un fauteuil élimé, sans doute récupéré au coin d'une rue, qui faisait face au lit. Malgré son aspect, ce fauteuil était le meuble le plus confortable de cette pièce.

Quand le téléphone sonna, il se trouvait justement dans ce fauteuil où, chaque soir, il prenait place après son souper. Il venait de s'offrir une bonne assiette de maïs moulu aux épinards et, le ventre plein, il était prêt pour une soirée en solitaire, comme d'habitude. Il prit l'appel. Le combiné collé à son oreille, il écoutait ce qu'on lui racontait. Pas un mot ne sortit de sa bouche. Il se contentait, de temps en temps, de secouer la tête de gauche à droite, comme pour refuser de croire ce qu'il entendait. Parfois, un « hum, hum » signifiait sans doute à l'autre qu'il avait compris, mais sa bouche restait fermée, car un seul mot prononcé aurait suffi à le faire craquer. Pour essayer de contrôler ses émotions, il serrait très fort le téléphone qu'il tenait dans sa main droite. À l'autre bout du fil, son interlocuteur, cherchant en vain un mot ou une phrase réconfortante, était sûrement gêné de la situation, comme on l'est toujours devant le chagrin d'autrui.

Tout de suite après avoir raccroché, il sentit une vive douleur se loger dans sa poitrine. Il baissa sa tête qu'il prit entre ses deux mains, cherchant en vain un moyen de contrôler ses émotions. Après quelques minutes dans cette position, il se leva, franchit les trois pas qui séparaient le fauteuil du lit et se laissa tomber sur celui-ci. Ce fut seulement à ce moment que jaillit la douleur qu'il avait au fond de sa poitrine. La tête enfouie dans l'oreiller, il laissa d'abord échapper de petits sanglots étouffés, puis petit à petit, leur volume augmenta, et à la fin, il poussa un long cri qui franchit les murs de la petite pièce pour résonner ailleurs dans l'édifice. Un torrent de larmes qu'il ne pouvait plus contrôler inonda l'oreiller, tandis que son corps, secoué de convulsions, bougeait comme mû par un ressort mécanique.

Durant plusieurs heures, il resta allongé, et sans les spasmes qui de temps en temps faisaient bouger sa carcasse, on l'aurait pris pour un dormeur. Quand enfin il quitta son lit, la nuit commençait déjà à s'installer. D'un pas mal assuré, il se dirigea vers la salle de bain. À cet instant, s'il se trouvait dans la pièce quelqu'un qui le connaissait, ce dernier aurait eu du mal à l'identifier tant son visage avait changé. Tous les regrets, toutes les souffrances et toute la colère qu'apportait cette nouvelle s'étaient logés dans ses traits. Lui-même, en se regardant dans le petit miroir placé au-dessus du lavabo, eut du mal à se reconnaître tant ses paupières étaient bouffies, cachant ses yeux qui ne représentaient que deux fentes d'un aspect rougeâtre. De ses narines coulait le restant d'une morve mal essuyée. Il ouvrit le robinet d'eau froide et se lava longuement le visage.

Cela lui fit du bien et réussit à lui donner une mine qui se rapprochait de son aspect habituel, différent de l'espèce de fantôme qu'il voyait quelques minutes auparavant. Non pas qu'il fût revigoré, mais il se sentait un peu mieux. Comme son visage, il aurait voulu laver sa peine, se nettoyer de cette souffrance qui avait envahi tout son être. Il n'y parvint pas, néanmoins se sentit plus en mesure de faire face à la situation, d'affronter la réalité.

Calmement, il quitta la salle de bain et alla ouvrir une des deux armoires, d'où il sortit une bouteille de rhum Barbancourt [1].

Maintenant que tout avait basculé, il lui fallait un remontant, car cette annonce remettait tout en question. Pire, elle faisait ressortir le ridicule de tout ce qui motivait ses actions depuis des mois : travail, économie, privations, la venue de l'autre qui à présent n'arriverait jamais. Il ouvrit la bouteille, se versa une bonne rasade du liquide consolateur, puis avant de porter le verre à ses lèvres, en versa un peu sur le tapis usé en murmurant : « Pour toi, vieux frère. » Ensuite il prit une longue gorgée qu'il garda longtemps dans sa bouche avant de l'avaler.

La pièce baignait dans une obscurité totale. L'édifice même semblait s'assoupir, ne laissant entendre que de rares bruits : les pas du vieux couple vivant à l'étage du dessus, quelques voix qui, de temps en temps, transperçaient les murs et les gargouillements de l'eau coulant dans les tuyaux indiquant que quelqu'un avait utilisé sa salle de bain. Du dehors parvenaient les ronflements des moteurs des voitures ainsi que les sirènes d'une ambulance ou d'une auto de police. Tous ces sons qui lui étaient familiers, il ne les entendait plus, comme il ne sentait plus les odeurs de nourriture qui envahissaient les couloirs de l'immeuble et parvenaient jusqu'à

1 Rhum agricole produit en Haïti.

ses narines. Il était ailleurs, loin, au temps d'antan. Il prit une gorgée de rhum et ferma les yeux, pour encore mieux se concentrer sur les pensées qu'il avait pour son ami disparu, pour raviver davantage les souvenirs. D'abord, il revit leur enfance, jouant au cow-boy, aux billes et au foot. Puis leurs années d'études, toujours ensemble, tant au primaire qu'au secondaire. À force de se fréquenter, de tout partager, ils avaient développé une symbiose qui dépassait l'amitié. Ils étaient des frères, même plus : des jumeaux. D'ailleurs, une certaine ressemblance physique les faisait parfois passer pour tels, comme se ressemblent des époux après de longues années de vie commune.

Assis dans son vieux fauteuil, il portait de temps en temps le verre à ses lèvres, cherchant en vain dans l'alcool un baume pour apaiser son mal. Malgré la noirceur, il gardait les yeux fermés, comme s'il ne voulait pas affronter la réalité et jauger l'étendue de son échec, car c'était aussi de cela qu'il s'agissait. Il avait échoué dans sa mission. De plus, avec cette disparition, il perdait aussi une partie de lui-même, une tranche de sa vie s'éteignait. Et les *flashbacks* continuèrent. Il revit leur adolescence, leur première cigarette. C'était durant la projection d'un film, du temps où on pouvait fumer dans les cinémas. Ce jour-là, grisés par l'effet du tabac qui leur faisait tourner la tête, ils avaient dû quitter la salle pour aller respirer l'air du dehors. Puis vinrent les premières amours, mais aucune fille n'avait pu empiéter sur leur amitié qui d'ailleurs rendait jalouse la plupart d'entre elles. Une fois, ils étaient même allés jusqu'à fréquenter la même fille, selon un horaire bien déterminé qu'il avait établi, et cela, sans une once de jalousie.

Il sentit un inconfort le long de son dos, prit une gorgée de rhum et se leva de nouveau pour aller s'étendre sur le lit. Là, ses pensées s'envolèrent vers les circonstances entourant son départ et l'atterrissage forcé dans ce minable logis. En y repensant, une larme plus grosse et plus lourde que les précédentes coula le long de ses joues, et il sentit son cœur se gonfler encore plus. C'était deux ans auparavant. L'un comme l'autre vivait une situation difficile ; ils avaient peine à joindre les deux bouts et leur avenir semblait incertain. Ils avaient eu vent d'une affaire en or : la vente d'un faux passeport permettant de se rendre au Canada. Deux mille cinq cents dollars, billet d'avion compris. Après d'interminables démarches, ils avaient trouvé l'argent nécessaire, mais le dilemme des deux compères n'était pas résolu pour autant : lequel des deux partirait ? À la fin, ils avaient joué à pile ou face et ce fut lui qui partit, avec comme but premier d'envoyer la somme néces-saire pour qu'à son tour, l'autre puisse quitter le pays.

Dès son arrivée à Montréal, il avait compris qu'il ne pourrait réaliser ses plans dans les délais prévus. En effet, la vie dans cette ville était plus dure qu'il ne l'avait imaginé, surtout pour ceux qui y résidaient illégalement. Il lui avait fallu près d'un an pour réunir la somme nécessaire. Mais quand l'autre avait reçu l'argent, le fabricant de faux passeports s'était fait coincer et personne n'osait le remplacer, car les auto-rités avaient resserré les mesures de contrôle. Dès lors, il ne lui restait qu'une option : prendre la mer sur un des rafiots qui, illégalement, reliaient l'île à la Floride. Et c'est ce qu'il avait fait. On venait de retrouver son corps deux jours après son départ, en grande partie mangé par les poissons.

À l'annonce de la nouvelle, il s'était senti tenaillé par un sentiment de culpabilité, comme si en partie il était responsable de cette mort. Car c'était lui qui avait proposé ce stupide procédé et qui avait gagné cette partie de pile ou face. Ensuite, bien malgré lui, il avait tardé à lui envoyer la somme requise. Et pour couronner le tout, il serait incapable d'assister aux funérailles, car n'ayant pas un statut légal au Canada, s'il quittait Montréal, il lui serait impossible d'y revenir. Ainsi, tout s'écroulait autour de lui, tout ce qui le motivait, lui donnait la force d'endurer les brimades, le froid, les affronts. Plus que jamais, il sentit la précarité de la vie et une fois de plus, un dilemme s'offrait à lui, mais cette fois, il était seul pour le résoudre, seul pour y faire face et trouver une solution.

La nuit était tombée depuis longtemps, mais pour lui, le temps n'existait plus. Seules le préoccupaient les pensées qu'il ne cessait de ruminer. Couché sur son lit, c'était à présent sa vie en sol étranger qu'il passait en revue. Une vie recluse, faite de privations, d'humiliations, différente de tout ce qu'il avait imaginé et voulu.

Il quitta le lit et se mit à faire les cent pas en tournant en rond autour du fauteuil. Après quelques minutes, il saisit la bouteille et retourna à son fauteuil. Il but une gorgée à même le goulot et alluma une cigarette, la première depuis qu'il avait raccroché le téléphone. Depuis quelque temps, il essayait d'abandonner cette habitude, plus pour le côté financier que par souci de santé. Il n'avait pas réussi, mais avait considérablement diminué sa consommation. Il aspira une grande bouffée de fumée et, lentement, la fit sortir de sa bouche. Les quelques minutes qui suivirent, il les passa en se concentrant sur sa cigarette, en suivant le trajet de la fumée qu'il expirait de ses poumons, comme s'il voulait s'y perdre, se rendre flou et chasser tous ses tracas. Il avait passé un nombre incalculable de nuits à broyer du noir, mais jamais comme celle-ci. Il revit sa vie depuis son arrivée à Montréal en cette froide soirée d'hiver jusqu'à ce coup de téléphone. Quelle vie ! Alors qu'il espérait améliorer sa situation, cette période avait été la pire de son existence. Jamais il n'aurait cru pouvoir vivre dans un tel dénuement. Bien sûr, il mangeait à sa faim, c'était d'ailleurs le seul avantage qu'offrait son travail dans ce restaurant. Mais cette solitude, il n'y était pas préparé, il n'y était pas habitué. Là-bas, il n'était jamais seul, il y avait toujours quelqu'un avec qui partager les bons comme les mauvais moments.

Et puis, le froid ! Le froid qui lui faisait souvent penser à cette chanson d'Aznavour qui disait que *la misère est moins pénible au soleil.* Que c'était vrai !

Quand les premiers rayons du soleil traversèrent le drap posé sur la fenêtre en guise de rideau, il ne ressentit pas cette fatigue intense qui, d'habitude, suit une nuit d'insomnie. La bouteille était vide, mais il la gardait encore serrée dans sa main comme si elle y était soudée. Finalement, il la déposa à terre et quitta son fauteuil. Une fois debout, il s'étira longuement, puis se dirigea vers la salle de bain. Sans égard pour la facture d'électricité, il resta de longues minutes sous la douche, laissant l'eau chaude lui fouetter tout le corps. En fermant le robinet pour saisir sa serviette, l'idée qu'il avait ruminée toute la nuit s'était précisée dans sa tête.

Si la douche ne l'avait pas complètement ragaillardi, elle lui donna néanmoins une dose d'énergie pour pouvoir continuer et, une fois habillé, il se sentait frais et dispos pour la suite des choses. Il prit son téléphone et composa un numéro. Il resta de longues minutes à discuter et souvent, à cause d'une communication sans doute déficiente, il dut répéter plusieurs fois pour se faire comprendre au bout du fil. Quand il raccrocha, un sourire se dessina au coin de ses lèvres. Il attendit quelques minutes, se leva pour aller consulter l'annuaire téléphonique placé sur la petite table. Il mémorisa le numéro, puis revint à son fauteuil et, une nouvelle fois, se servit du téléphone.

Une heure plus tard, alors qu'il devait être au travail en train de laver la vaisselle dans ce petit restaurant qui avait bien voulu d'un sans-papier, il était attablé devant un copieux déjeuner. C'était la première fois qu'il s'offrait un tel luxe. D'habitude, il regardait les autres se faire servir et même en de rares occasions, quand le serveur était absent, il était celui qui jouait ce rôle. Et le voilà maintenant de l'autre côté de la table.

Cette longue et pénible nuit sans sommeil lui avait creusé l'appétit et, malgré son chagrin, il avala tout le contenu de son assiette. Quand il sortit du restaurant, il se sentait léger, libéré d'un poids qu'il traînait depuis des mois. Il regarda longuement l'enseigne et eut un sourire triomphant en se souvenant du nombre de fois qu'il était passé devant cette porte sans jamais oser y entrer parce que les prix affichés dépassaient de loin ce qu'il pouvait se préparer lui-même.

Le reste de la journée passa très vite. Il fit des courses, marcha beaucoup et mit au point les détails de son plan. Il fut surpris de trouver l'énergie nécessaire pour accomplir toutes ces choses. *La vie continue malgré tout. Mon meilleur ami est mort, mais rien ne s'arrête, comme rien ne s'arrêtera quand ce sera mon tour*, se dit-il. Il rentra chez lui dans l'après-midi, rassembla tout ce qu'il avait de précieux, c'est-à-dire peu de choses, et les mit dans la même valise utilisée deux ans plus tôt. Puis, vidé, il se jeta sur son lit et dormit plusieurs heures. Quand il se réveilla, il revêtit son seul complet, le même qu'il avait enfilé pour faire le voyage Port-au-Prince–Montréal, prit sa valise et quitta l'appartement.

En tournant au coin de la rue, il eut un dernier regard pour l'immeuble qui l'avait abrité durant son séjour, puis calmement, il se dirigea vers l'arrêt des taxis situé à quelques minutes de marche. Quand il prit place dans la première voiture en attente, ce fut d'une voix résolue qu'il dicta au chauffeur sa destination.

Le vol était prévu à 6 heures du matin, il était en avance de plusieurs heures, mais il préférait passer la nuit à l'aéroport plutôt que de rester enfermé dans son minable logis. Dans une gare comme dans un aéroport, il y a toujours de l'activité et même entouré d'inconnus, on se sent souvent moins seul. En regardant le paysage qui défilait sous ses yeux, il s'étonna de n'éprouver aucun regret. Il était content d'avoir pu retarder l'enterrement afin d'y assister et il se considéra chanceux d'avoir pu, à la dernière minute, trouver une place sur ce vol.

Quand l'avion entama son tour de piste, à voix basse, il se dit comme pour lui-même : « Au diable le retour, j'en ai marre de jouer les clandestins ! »

8

VENGEANCE

AUCUN FILS NE PEUT RESTER INDIFFÉRENT aux
larmes de sa mère. Cela faisait des jours que je voyais
la mienne pleurer en cachette, des jours qu'elle se levait
le matin avec les yeux bouffis par manque de sommeil
et à force de verser des larmes. En quelques jours, elle
avait vieilli de plusieurs années. Par désespoir, par
crainte et par peur de perdre son homme qui projetait
de retourner au pays, elle se laissait aller. J'avais beau
la réconforter, lui dire que moi, je serais toujours à ses
côtés, que je prendrais soin d'elle, que tout irait bien,
que je ne ferais plus de mauvais coups, rien n'y faisait.
Par rapport au paternel, je ne faisais pas le poids. Il me
le disait souvent, d'ailleurs, que je n'étais qu'un bon à
rien, un nul, capable seulement d'emmerder les autres.
Il avait peut-être raison, je n'en sais rien…

N'empêche que je ne supportais plus de voir souffrir
ma mère. Et un matin, au lieu de la femme belle et
élégante que j'avais toujours connue, je vis sortir de sa
chambre une vieille rongée par le chagrin. C'est à ce
moment que m'est venue l'idée de tout tenter pour que
les choses redeviennent comme avant, quitte à éliminer
celui qui causait cette souffrance.

Je décidai donc d'agir. Pourtant, je n'étais pas sûr de
réussir mon coup. Néanmoins, j'avais envie d'essayer, et
puis, me disais-je, je n'avais rien à perdre : si je parvenais

à mes fins, tant mieux, mon père resterait avec nous et maman serait contente. Si j'échouais, eh bien une fois de plus, je serais l'emmerdeur, mais cet affront fait à ma famille ne resterait pas impuni. Mon raisonnement n'allait pas plus loin ; à 16 ans, on a une solution à tout, même en appliquant une idée saugrenue.

Cela avait pris du temps avant qu'on me mette au courant de la situation. Au début, je pensais réellement qu'il s'agissait de vacances, car on me l'avait laissé croire. Quand je vis mon père soudé à son lit durant plusieurs jours, occupé à boire son rhum plus que d'habitude, je compris qu'il y avait anguille sous roche. D'abord, maman refusa de répondre à mes questions, puis elle céda devant mon insistance et m'avoua que son mari avait été licencié. Je n'arrivais pas à comprendre qu'on puisse se tracasser pour un travail au point de garder le lit comme un malade, à parler peu et à carburer au rhum. Il avait placé la bouteille à portée de main pour ne pas avoir à se lever chaque fois. Tous les efforts de maman pour le tirer de sa léthargie furent vains. La solution, il l'avait trouvée, déclara-t-il : retourner au pays, car il était trop vieux pour se mettre à chercher un nouvel emploi dans un contexte de plus en plus difficile.

Il avait longuement réfléchi et ne voyait que cette solution pour éviter la catastrophe à laquelle sa perte de revenu nous conduisait. Maman avait protesté, sans réussir à le faire changer d'avis. Sa décision était prise, et il allait entamer les démarches nécessaires pour trouver un emploi en Haïti. Pour être franc, cette décision ne me dérangeait nullement. D'ailleurs, depuis quelque temps, on s'adressait à peine la parole, lui et moi. Mais pour maman, je me devais d'agir.

J'eus toutes les peines du monde à me procurer l'arme. Les copains à qui je m'adressais et qui étaient susceptibles de m'aider me rirent au nez, trouvant comique qu'un gars aussi sage que moi (bien entendu, comparé à eux) puisse vouloir un tel objet. Personne n'accepta de m'aider, soit parce qu'on ne savait pas comment faire, soit parce qu'on ne voulait simplement pas porter la responsabilité de mes actes, d'autant plus que je refusais de dévoiler la raison de mon besoin. Finalement, je changeai de tactique ; j'avouai hypocritement que je désirais impressionner une fille et Ronald me le prêta. Pour deux heures, m'avait-il fait promettre, pas plus, et je devais faire très attention, ne le montrer à personne, ne pas faire ceci, ne pas faire cela, des conditions à n'en plus finir. Et puis, après de longues négociations, il consentit à le laisser chargé d'une seule balle (inoffensive, mais ça, je ne le savais pas), au cas où je serais forcé d'impressionner davantage en laissant partir un coup. J'écoutai tous ses conseils et explications, je pris le revolver avec mille précautions car c'était la première fois que je touchais une telle chose, et je le fourrai sous mon blouson. Le contact du métal froid dans mon dos était des plus inconfortables. Pourtant à la télé, je voyais les acteurs faire ce geste avec autant de naturel que s'ils plaçaient leur portefeuille dans leur poche. Mais inconfort ou pas, j'étais prêt à tout endurer pour venger mon père et punir celui qui était à l'origine de toute la peine de maman.

Je savais déjà où se trouvait son bureau, j'avais gardé une image nette des lieux que je visitais autrefois, quand j'accompagnais mon père pour la journée spéciale en l'honneur des enfants des employés. Si je ne participais plus à ce genre d'activités, la géographie des lieux était restée fraîche dans ma mémoire et je n'eus aucun mal à le trouver. Debout sur le seuil de la porte, je l'examinais depuis déjà un bon moment quand, se sentant sans doute observé, il leva la tête et me vit. Son étonnement fut de courte durée et tout de suite vint la question : « Qu'est-ce que tu fous là, toi ? » Sa voix était rauque, sévère, une voix faite pour commander et qui devait mettre hors d'eux tous ceux qui la subissaient, qui marchaient sous ses ordres. Je fis un effort pour ne pas me laisser intimider et, sans répondre à sa question, j'entrai et je m'installai sur une des chaises posées devant son bureau, là où sûrement ses subalternes recevaient ses directives. Je ne pus m'empêcher de penser que c'était probablement sur cette même chaise que mon père avait appris la nouvelle. Vu que je n'avais pas répondu à sa question, il crut bon de la reformuler : « Qu'est-ce que tu veux ? » Il avait haussé le ton, mais comme je continuais à garder le silence, incapable de prononcer un mot, il se leva brusquement de sa chaise pour se diriger vers moi, l'air menaçant. Ce fut à ce moment que je sortis le revolver caché sous mon blouson. Il stoppa son élan et, sans même que j'aie à lui dicter quoi que ce soit, il avait les deux mains levées et ses yeux semblaient vouloir quitter sa tête pour venir se poser sur le flingue. Il devint blanc comme un drap et sa bouche semblait ne plus vouloir se fermer, bien qu'aucun son n'en sortît.

Il était là, à deux mètres de moi, immobile, à ma merci, et, pendant un moment, je ne sus quoi dire ni quoi faire. Les choses s'embrouillaient dans ma tête, et il m'était de plus en plus difficile de garder mon air de dur, l'air de celui qui savait ce qu'il avait à faire, sûr de lui, en contrôle de la situation. Ma gorge était si sèche que je ne pouvais plus avaler ma salive. Un vent de panique commençait à monter doucement en moi et, l'espace d'un instant, l'idée de prendre la poudre d'escampette effleura mon esprit, idée que je m'empressai de rejeter. Il était trop tard et j'avais trop pensé à ce moment pour maintenant tout abandonner et tout foutre en l'air. *Tu dois aller jusqu'au bout*, me disais-je dans mon for intérieur ; et, pour me donner plus d'assurance, je sortis la cigarette que j'avais gardée dans ma poche et la plaçai au coin de mes lèvres. Je me gardai bien de l'allumer parce que, n'ayant pas l'habitude, la fumée risquait de me faire tousser, ce qui aurait pour effet de rendre mon attitude moins crédible à ses yeux. Mais ce geste faisait partie du plan ; je voulais passer pour un dur. Au cinéma, je voyais souvent les tueurs avec une cigarette plantée au coin des lèvres. Je voulais leur ressembler, donner à mes gestes une certaine assurance malgré la nervosité qui faisait trembler mon bras. Comme ni lui ni moi ne prononcions un mot, je sentis que je devais briser la glace, mais mes lèvres étaient soudées et mes efforts pour activer mes cordes vocales furent vains. Pour gagner du temps, avec la pointe de mon arme je lui indiquai la chaise qu'il avait laissée, en ponctuant ce mouvement d'un signe de tête, pour donner force à l'ordre que je voulais passer. Il comprit et alla s'asseoir d'un air soulagé, qui lui fit du coup baisser les bras.

Derrière son bureau, il semblait avoir pris un peu d'assurance, mais l'anxiété se lisait encore sur son visage, car il ne savait pas encore ce qui m'avait amené à lui. Il se posa sûrement la question, et croyant trouver la réponse, la plus facile, la plus évidente, il me la proposa :

— C'est de l'argent que tu veux ? Je n'en ai pas beaucoup ici, mais je te donnerai tout ce que j'ai.

— Je n'ai rien à foutre de ton argent.

Cette réponse sembla le décontenancer et je pris plaisir à le voir dans cet état, à ma merci. J'aurais voulu perpétuer ce moment, rendre la torture à la limite du supportable, le voir crier, gémir, pleurer, pour ce qu'il avait fait.

— Qu'est-ce que tu veux alors ? demanda-t-il, d'un ton gentil et suppliant qu'il n'avait peut-être pas l'habitude d'adopter. Pourquoi tu fais ça ?

C'est alors que je le lui dis :

— Je vais te tuer pour ce que tu as fait à mon père.

— Qu'est-ce que j'ai fait ? Qui est ton père ? Je ne le connais même pas.

Je remarquai que ses questions étaient souvent doubles : habitué sans doute à en poser beaucoup.

— Oh ! Que si, tu le connais.

Et je lui mis sous le nez la lettre signée de ses mains, que j'avais dérobée à mon père. Il y jeta un rapide coup d'œil pour voir le contenu et de nouveau il posa son regard sur moi. Il voulut parler mais je ne lui en laissai pas le temps. « Je vais te le faire regretter. Tu vas payer pour ce que tu as fait, pour toute la peine que tu as causée à ma mère. Vieux con ! Espèce de salaud ! Je vais te transpercer le corps. Tu n'es qu'un sale raciste, un enfant de pute. Tu vas voir comment je vais me venger. »

J'avais tout d'un coup recouvré l'usage de mes cordes vocales et les mots que je ne trouvais pas au début semblaient maintenant se bousculer dans ma bouche sans que je puisse les retenir. Mon ressentiment envers cet homme éclata et je lui crachai à la figure tous les mots grossiers que j'avais appris, mais que je n'avais jamais eu l'occasion d'utiliser. Étant peu habitué à ce genre d'exercice, la cigarette que j'essayais de garder jusque-là au coin de mes lèvres tomba sur le tapis, mais ni lui ni moi ne fîmes attention à cette perte. Lui, sans doute parce qu'il essayait de dominer sa peur ; moi, parce que mon trac avait considérablement diminué et que je n'avais plus besoin d'artifice pour masquer ma nervosité et mon jeune âge. J'étais prêt à lui faire face, à réaliser mon plan qui consistait à lui faire tellement peur qu'il réengagerait mon père.

Il m'écouta attentivement, les yeux toujours rivés sur l'arme que je pointais vers lui. Sans que j'aie eu à le lui demander et sûrement parce qu'il sentait sa dernière heure arrivée, il avait à nouveau les deux mains levées au ciel comme pour implorer Dieu de lui venir en aide. Il suait à grosses gouttes et son visage qui, l'instant d'avant, avait retrouvé sa couleur naturelle redevenait livide. Plusieurs fois, il ouvrit la bouche pour placer un mot, mais je ne lui en laissai pas le temps et je me mis à l'invectiver, à le traiter de tous les noms ; et le mot « raciste » revenait souvent dans mon discours. Lorsque fatigué, à bout de souffle, je ne trouvai plus rien à ajouter, il en profita pour prendre la parole, sans doute content de pouvoir plaider sa cause.

— Mon petit, je crois qu'il y a un malentendu. Je vais t'expliquer.

— Merde, je ne suis pas ton petit et je te défends de m'appeler ainsi. Tes explications, je ne veux pas les entendre, je m'en fiche complètement.

— Attends, je t'en prie. Donne-moi une minute, juste une minute.

— Pourquoi ? Pour essayer de m'amadouer ? Si je te donne une minute, c'est pour te permettre de te racheter en écrivant une autre lettre à mon père afin qu'il revienne travailler. Sinon, je te fais sauter la cervelle.

Je voulais lui faire peur en haussant le ton, afin de me donner une contenance pour qu'il exécute mes ordres. En effet, j'étais persuadé que quelques lignes tracées de sa main suffiraient à rétablir la situation. Je voulais le convaincre de mon sérieux.

— Non, je veux juste te montrer quelque chose qui te fera tout comprendre. Attends.

Il tira d'un cartable une enveloppe et me la tendit.

— Tiens, lis ça.

Je n'étais pas dupe et je flairais une ruse. Il voulait dévier mon attention pour me désarmer. J'avais trop vu ceci à la télévision pour ne pas l'anticiper.

— Tu me prends pour un idiot ? Je ne veux pas lire ta saloperie et si tu penses m'avoir ainsi, tu te goures.

C'était une réplique de cinéma. Je ne me souvenais plus du titre du film. Quoi qu'il en soit, l'acteur s'était à peu près exprimé en ces termes, et je les trouvais parfaitement appropriés à la situation.

— Non, je ne veux pas te jouer de tour, je veux seulement que tu lises cette lettre, et tu comprendras que je suis dans la même situation que ton père. C'est d'ailleurs ce qui explique le bordel ici.

En effet, il régnait un désordre fou dans la pièce ; plusieurs boîtes de carton jonchaient le sol, il y avait du papier partout et les murs, débarrassés de leurs ornements, étaient nus comme ceux d'une prison. Ce fouillis m'étonna tout à coup, car j'avais déjà vu cette place dans de meilleures conditions. Devant mon étonnement, il enchaîna.

« Comme tu vois, ces boîtes c'est pour emporter mes effets personnels. Ton père est parti avant moi parce qu'il était sous mes ordres, parce que c'était à moi de lui apprendre la nouvelle, de signer sa lettre de renvoi ; mais, en fin de compte, tout le monde y passe, la compagnie a fait faillite et c'est clairement indiqué dans le document que tu as entre les mains. »

Il avait l'air sincère, implorant surtout. Je jetai un rapide coup d'œil sur la feuille qu'il avait placée devant moi. C'était bel et bien indiqué que lui aussi était remercié de ses services, que comme mon père il fallait qu'il trouve un nouvel emploi.

Pour la première fois depuis que je l'avais sortie, je baissai mon arme. Ne sachant plus quel comportement adopter, je relis la lettre, sa lettre, et j'y trouvais les termes employés dans celle de mon père.

Quand je levai les yeux pour le regarder, il tenait sa tête entre ses mains et sanglotait doucement comme un enfant. Je me sentis du coup mal à l'aise, assis là à le regarder pleurer, avec dans mes mains le pistolet que j'avais eu tant de mal à me procurer. Je me levai tranquillement et je quittai la pièce.

9

UNE BRÈVE HISTOIRE D'AMOUR

EN ATTENDANT MON TOUR, je feuilletais distraitement les revues posées çà et là dans la salle, qui faisaient office de calmants pour les patients irrités par une longue attente. Une visite chez le médecin n'a rien de réjouissant. On s'y présente toujours avec une pointe d'inquiétude, appréhendant la découverte d'un dysfonctionnement dans notre organisme. Tout à coup, on se sent fragile, vulnérable, et le moindre inconfort devient une source de problème potentiel, capable de nous amener sous terre.

Dans une clinique médicale, la nervosité est palpable : les gens sont renfrognés, perdus dans des pensées qu'ils sont les seuls à connaître. Certains se demandent ce qu'on va leur trouver, d'autres espèrent que le mal qui les a conduits en ce lieu n'a pas empiré ou, au mieux, a disparu. Autour de moi, je n'aperçois que des visages fermés : chacun dans sa bulle pense à sa petite personne, mais tous se demandent, hypocritement, si la condition du voisin est pire, plus inquiétante – le souhaitant même, car le malheur d'autrui nous aide à supporter le nôtre. Dans un tel endroit, on n'établit pas de contacts, on observe sans rien dire. On se fait petit jusqu'à ce qu'on entende notre nom prononcé aussi distinctement qu'elle le peut par une infirmière, un appel qu'on voudrait être le seul à saisir. Après tout, il s'agit d'une affaire privée.

Un article publié dans la revue parlait de gens qui ont décidé de changer de vie. Un homme qui a quitté la Californie pour s'établir en Alaska. Une famille qui a tout vendu pour s'acheter un bateau et faire le tour du monde. Et cela continuait, chacun semblait avoir trouvé le bonheur qu'il cherchait.

Quoique distrayante, cette lecture suscita en moi quelques questions. Je ne pus m'empêcher de me demander comment je pourrais moi aussi changer de vie, embellir celle que je menais jusque-là, la rendre plus agréable. Bizarrement, l'idéal qui en premier me vint en tête fut un retour au pays : reprendre mon existence là où je l'avais laissée dix ans plus tôt, avec les mêmes gens, dans le même environnement, nimbé de la même insouciance. Quelle illusion !

Je déposai la revue sur la petite table et j'en pris une autre, cherchant en vain un article intéressant. J'avais hâte de quitter ce lieu. *Voir le médecin et foutre le camp le plus vite possible*, me disais-je. Je n'étais pas inquiet, ou si peu. Je connaissais mon mal, et il n'était pas du genre à m'envoyer au paradis. Une déchirure ligamentaire qui m'empêchait de marcher correctement et de jouer au soccer. Rien de vraiment grave. Malgré l'attente et le temps qui passait, la composition du groupe n'avait pas changé. Pour moi, c'était un brin décevant, car célibataire depuis peu, j'utilisais toutes les occasions et tous les endroits pour essayer de changer de statut. Et même si ce n'était pas la place idéale pour atteindre mon but, j'espérais secrètement y voir le visage de l'amour.

Je feuilletais distraitement les pages du périodique, m'intéressant plus aux images qu'aux textes. Lorsque je levai la tête pour la énième fois afin de regarder autour de moi, mes yeux croisèrent les siens. Assise juste en face, elle devait sûrement m'observer depuis un bon bout de temps, mais comment aurais-je pu la remarquer ? D'abord, je fus frappé par l'éclat de ses yeux, si beaux et si purs. Et lorsque timidement elle me sourit, alors là, je fus absolument subjugué par son charme. Quand elle se rendit compte qu'elle était démasquée, comme si elle avait peur que je la surprenne à m'épier, elle fit semblant de s'intéresser à autre chose. À mon tour, je feignis de m'absorber dans ma lecture, mais je me mis à l'examiner à la dérobée. Une seconde fois, mon regard croisa le sien, elle détourna vite la tête et posa une question à la femme assise à ses côtés. Celle-ci lui fournit une réponse expéditive pour, tout de suite après, se remettre à fixer la pointe de ses pieds. On voyait qu'elle était préoccupée, que le but de sa visite était sérieux et qu'elle faisait sûrement partie de ceux qui avaient à s'inquiéter.

Mon observatrice continuait son manège, avec un peu plus d'audace, allant même jusqu'à m'adresser de petits sourires timides chaque fois que nos regards se croisaient. Ne voulant pas être pris pour un type indifférent, je me mis moi aussi à lui présenter mon sourire, que je voulais le plus charmeur possible.

De simples observations assorties de petits sourires complices, nous passions rapidement aux signes de la main. Discrètement au début, pour ne pas capter l'attention des gens autour qui avaient un air si sérieux ou plutôt si triste. Il ne fallait pas qu'ils voient notre joie. Ils auraient trouvé cela franchement déplacé, inapproprié.

La femme à ses côtés, elle, commençait à remarquer nos agissements. Elle voulait intervenir pour tout arrêter, mais n'osait pas. Soit qu'elle ne savait pas comment faire, soit qu'elle était plus préoccupée par sa santé. Elle continua donc à fixer la pointe de ses pieds, perdue dans ses pensées, seule avec son mal.

La demoiselle au regard captivant posa une autre question à sa voisine, plus longue celle-là, vu le temps qu'elle mit à la formuler. La réponse aussi fut plus longue. Elle écouta patiemment les explications, mais à son sourire, j'ai vu qu'elles ne lui plaisaient pas. Elle secoua doucement la tête, de gauche à droite, plusieurs fois pour signifier son désaccord, ce qui ne semblait pas plaire à la dame, qui prit alors un air sévère.

Vu la distance qui nous séparait et notre désir de communiquer, les sourires et les signes devinrent vite insuffisants. Ce fut elle qui fit les premiers pas, et je n'étais nullement fâché, car je n'aurais pas osé franchir l'espace qui nous séparait, sachant bien que la dame ne l'aurait pas apprécié et que les gens autour, même repliés sur eux-mêmes, auraient aussi mal interprété mon geste. Mais elle s'y prit de façon astucieuse. Laissant tomber la balle qu'elle avait entre les mains, elle se leva pour la ramasser et en profita pour s'installer à mes côtés. *Très intelligente*, pensai-je. Elle m'offrit son regard de plus près et j'y découvris les plus beaux yeux du monde. J'étais séduit par tant de beauté. Sa question vint vite, elle voulait savoir à qui elle avait affaire.

— Comment tu t'appelles ?

— Eddy, répondis-je.

Et elle répéta comme pour elle-même : « Eddy, Eddy, Eddy. » Cela me fit sourire et me combla de joie. Jamais je n'avais trouvé mon nom aussi beau qu'au sortir de sa bouche. Toute la pureté et l'innocence du monde se trouvaient en elle. Puis, elle me regarda avec attention, m'examina longuement pour finalement porter son attention sur mes dents.

— Elles sont très blanches, tes dents.

— Les tiennes aussi.

— Oui, mais les tiennes sont plus blanches.

— Et toi tu as les plus beaux yeux du monde, osai-je énoncer.

Rassurée par ce compliment et sûrement contente de son coup, elle secoua sa tête de haut en bas tout en regardant la dame et en ouvrant grands les yeux, comme pour lui dire : *tu vois, il est très gentil et pas du tout méchant.* Son interlocutrice ne sembla pas apprécier le sous-entendu. Elle s'en tint à ce commentaire : « Tu déranges le monsieur. » Et tout de suite, ma voisine voulut vérifier et me demanda :

— Est-ce que je te dérange, Eddy ?

— Pas du tout, au contraire ça me fait plaisir de te parler.

Elle m'offrit encore son sourire, que j'accueillis de bon cœur. Sa balle tomba à mes pieds et quand je me baissai pour la ramasser, elle toucha doucement mes cheveux et dit :

— Ils sont doux tes cheveux, on dirait de la laine de mouton.

— As-tu déjà touché à la laine de mouton ?

— Oui, j'ai déjà été à la ferme avec mon école, et on avait même tondu des moutons.

— Oh là là ! Tu en fais des choses, toi.

Je ne trouvais rien de mal à ce qu'elle me compare à un mouton, car subjugué par son charme, je trouvais une connotation positive à tout ce qui sortait de sa bouche. J'interprétai donc la comparaison comme un compliment. Après tout, on en était bien là, aux compliments. Je ne suis pas sûr que j'aurais accordé la même considération à quelqu'un d'autre, mais avec elle, tout passait.

La dame était de plus en plus irritée par autant de familiarités et visiblement, les gens dans la salle commençaient à se sentir mal à l'aise. Ils nous jetaient des coups d'œil en coin. Un peu amusé, je fis mine de ne rien remarquer et je reportai toute mon attention sur mon amie.

— Moi, je m'appelle Stéphanie, me déclara-t-elle.

C'est seulement là que je remarquai que j'ignorais son nom.

— C'est un très beau nom, commentai-je.

Et comme elle le fit avec mon nom, je me mis à répéter « Stéphanie, Stéphanie, Stéphanie ». Cela la fit rire. Quel rire ! J'avais envie de l'embrasser, de déposer un gros bec sur sa joue. Mais je me retins, car je n'avais pas ce droit et un tel comportement pouvait m'attirer des ennuis. Néanmoins, je lui murmurai, avec discrétion, des mots d'admiration pour sa beauté. En guise de réponse, elle me lança : « Tu sais, toi aussi tu es beau Eddy, et ton nom aussi, Eddy, Eddy. »

Nous gardâmes le silence quelques secondes. Je la vis réfléchir, elle semblait absorbée tout d'un coup. Quand elle se tourna vers moi, elle me regarda longuement et posa sa main sur mon bras, qu'elle flatta doucement et avec une attention toute spéciale, comme si c'était la première fois qu'elle voyait cette partie du corps. Ce fut quand elle posa la question que je compris ce qu'elle voulait vérifier. Une question directe et franche.

— Pourquoi ta peau est noire, Eddy ?

— Parce que, Stéphanie, je suis une personne de race noire et ma peau est noire. Toi tu es de race blanche et ta peau est blanche.

— Pourquoi ?

— Parce que c'est comme ça. Il y a des Noirs et il y a des Blancs. Il y en a aussi qu'on dit avoir la peau jaune et d'autres la peau rouge. On ne peut pas être tous pareils, hein ! Ce serait plate, pas vrai ?

— C'est vrai, admit-elle en secouant doucement sa tête de haut en bas et en faisant une petite grimace, comme pour me signifier son accord.

À voix basse, elle me parla de sa mère malade qui se faisait soigner, de son petit frère qui était resté chez la gardienne, de son petit ami Maxime qui fréquentait la même garderie, de son père qu'elle ne voyait pas souvent, mais qui aujourd'hui les avait accompagnées, sa mère et elle, et qui attendait dehors en train de fumer. Stéphanie parlait sans arrêt et je prenais plaisir à écouter sa petite voix douce et gentille. Lorsqu'elle eut fini de me raconter son histoire, pour l'impressionner, je me mis à lui faire des tours de magie dont elle finissait toujours par découvrir l'astuce, mais qui néanmoins lui plaisaient.

Sa balle tomba une nouvelle fois et elle courut à sa recherche. Juste au moment où elle se relevait après avoir ramassé son jouet, l'infirmière appela la maman qui, avant de se diriger vers le bureau du médecin, sortit chercher le papa afin qu'il prenne la relève et surveille sa fille. Il entra en expirant sa dernière bouffée de fumée, l'air sévère, sûr de lui, le visage carré orné d'une barbe de plusieurs jours. On sentait que c'était un dur à cuire, et sa chemise à carreaux rouges ainsi que ses bottes de construction renforçaient cet aspect de sa personne. Stéphanie ne l'avait pas vu arriver et, debout devant moi, les deux mains posées sur mes genoux, elle s'amusait à me faire des grimaces. Elle n'avait d'yeux que pour son nouvel ami. Mais son père tout de suite remarqua son comportement et rien qu'à voir l'expression de son visage, je compris qu'il n'appréciait guère ce qu'il voyait.

— Stéphanie ! cria-t-il, de son ton que j'estimais le plus sévère.

La petite, se tournant à peine vers lui, riposta avec ingénuité :

— Papa, viens, je veux te présenter mon ami, il est très gentil.

J'étais fier de l'entendre me décrire ainsi.

— Viens ici, répéta-t-il, d'un ton plus sévère encore.

Sourde à l'ordre reçu, Stéphanie avait posé ses deux mains sur mes joues et s'amusait à tourner ma tête de gauche à droite. Elle ne comprenait pas ce qui se passait et ne remarqua pas la colère de son paternel, si bien qu'au lieu de lui obéir, elle continuait à faire tourner ma tête en approchant de plus en plus son visage du mien. Elle aurait sûrement déposé un baiser sur l'une de mes joues, mais n'eut pas le temps de le faire. Rouge de colère, le père s'approcha rapidement de nous et lui cria : « Il me semble que je t'ai déjà dit de ne pas parler aux étrangers. » Et tout en parlant, il saisit le bras de la petite si violemment qu'elle perdit l'équilibre et tomba.

Dans la salle, un silence gênant suivit. À ce moment, j'aurais dû faire attention à cause de son air méchant et de la colère qui se lisait sur son visage, mais c'était plus fort que moi et je ne pus m'empêcher de me pencher pour relever mon amie. Je n'en eus pas le temps. C'en était sûrement trop pour lui. Le coup de pied m'atteignit aux côtes et me fit tomber sur le ventre. « Mets pas tes sales pattes sur ma fille ! » cria-t-il. Le souffle coupé, je crus que j'allais mourir et malgré cela j'avais peur qu'un autre coup ne vînt m'achever plus rapidement. Mais je crois qu'il avait jugé bon qu'un seul suffisait pour me faire comprendre, et j'avais compris, mais pas Stéphanie. Rapidement, elle se jeta sur moi comme pour me protéger, au cas où l'autre aurait envie de continuer. Ce geste n'atténua pas la colère du père. Une fois de plus, il saisit le bras de sa fille pour la séparer de moi. Mais elle me tenait tellement fort que cette fois il ne réussit pas. Allongée sur moi, Stéphanie semblait ne plus vouloir bouger tant que mon agresseur se tenait à nos côtés avec son air menaçant. « Va-t'en, va-t'en », lui criait-elle. Désarçonné par le comportement de sa fille, le papa ne savait plus quoi faire : s'éloigner, essayer de la séparer de moi ou continuer à me taper dessus ?

Alertée par les cris de sa fille, la mère avait fait demi-tour. Son arrivée mit fin à l'interrogation de son compagnon. En un coup d'œil, cette femme semblait avoir tout compris, comme habituée à de telles scènes. Elle se baissa et doucement prit le bras de Stéphanie pour la relever, la détacher de moi.

— Viens mon bébé, lui dit-elle.

— Non, pas avant qu'il s'en aille.

La mère se retourna, et sans dire un mot, se mit à fixer le père de sa fille.

— Quoi ! mugit-il.

— Elle veut que tu t'en ailles, répondit-elle.

— Et comment tu vas faire pour rentrer ?

— Il y a bien des autobus, non ?

Déstabilisé, il eut un regard hagard, mais pas pour longtemps. D'une voix qui laissait percer toute sa hargne, il cria en quittant la salle : « Tu vas voir ce qui va arriver. Tu n'auras plus la garde de ma fille si c'est comme ça. Si tu veux faire la pute avec des nègres, vas-y, mais laisse-la en dehors de tes folies. »

Elle ne répondit pas, se contenta de le regarder sortir, mais si sa bouche resta close, ses yeux, eux, parlaient. Ils semblaient clamer : *comment ai-je pu m'unir à un tel homme ?* Enfin c'était mon interprétation.

Dans la salle, toujours le silence. Stéphanie serrait sa mère de toute la force de ses petits bras et se laissait caresser tendrement les cheveux. Elle était rassurée. Péniblement, je me relevai et repris ma place sur la même chaise. Stéphanie quitta sa mère et vint s'asseoir à mes côtés.

— Ça va, Eddy ?

Je secouai la tête de haut en bas pour la rassurer, mais je me sentais terriblement mal. Était-ce l'effet du coup ou de la bêtise humaine ? Je ne saurais trancher, mais le mal augmentait. Je quittai la salle et sortis respirer un peu d'air frais. Dehors, j'avais à peine fait deux pas que je dus m'appuyer contre un mur et là, je vomis tout ce que j'avais dans le ventre. Après, je restai collé au mur pour reprendre mes forces et lorsque je fus en mesure de me tenir droit sur mes jambes, je n'osai plus rentrer dans la clinique pour faire face aux regards des autres. Voir le médecin n'était plus une priorité, mon mal pouvait attendre. Après tout, un ligament déchiré ne tuait pas. Je décidai donc de rentrer chez moi en emportant, avec moi, le sourire de Stéphanie.

10

LE DERNIER ACTE

VOILÀ, SA JOURNÉE EST TERMINÉE. Ouf ! Elle a besoin de s'asseoir, de souffler un peu. Aujourd'hui, bien que ce soit difficile à croire, elle s'est donnée un peu plus que d'habitude, est allée plus loin dans sa réserve d'énergie, tant physique qu'affectueuse. Elle s'est dévouée comme seuls le peuvent ceux qui connaissent l'après, ont une idée du futur malgré sa part d'insaisissable, ceux qui savent que chaque seconde compte. C'est sûr, il est fier d'elle ; elle l'a vu tout à l'heure, dans son sourire quand elle a déposé un baiser sur sa joue en lui disant bonne nuit. Elle avait gardé ses lèvres sur cette joue ridée un peu plus longtemps. Cela lui avait fait du bien. À lui aussi peut-être, qui sait ? En de rares occasions, il lui arrivait de manifester une certaine conscience des choses, mais de moins en moins, car son état général s'était détérioré.

Elle aussi se sentait plus usée. Elle le savait, par la fatigue qui lui broyait les os à la fin de chaque journée, par l'image que lui renvoyait le miroir quand, à la dérobée, elle s'y regardait, et de plus en plus par les commentaires des autres, de ses enfants surtout, qui lui avouaient leur inquiétude. Elle avait fini par l'admettre, non sans peine. C'était un constat d'échec, dur à supporter. Malgré tout, elle était sûre d'une chose ; jamais elle n'abandonnerait son homme, et jamais elle ne permettrait qu'il aille dans ce mouroir dont on avait osé lui vanter les qualités. Certes, les enfants, après un long discours pour lui démontrer le bien-fondé de la décision, avaient effectué les démarches nécessaires et trouvé une place dans une maison de bonne réputation, selon leurs dires. Elle pourrait garder l'appartement et n'aurait plus à s'occuper que d'elle-même. Ils lui rendraient visite plus souvent et embaucheraient une travailleuse sociale qui viendrait la voir tous les jours. Malgré son âge, elle avait encore toute sa tête et était assez autonome. Mais son mari, lui, était prétendument devenu un *cas lourd* dont elle ne pouvait plus s'occuper. Balivernes ! Dans sa tête, c'était pour le meilleur et le pire. Ils avaient vécu à deux le meilleur, alors pas question de se séparer quand le pire pointait son nez.

Le déménagement avait été planifié pour le lendemain. C'était donc leur dernière journée ensemble, et elle tenait à savourer chaque instant, se dévouant à fond. Elle ne se souvenait pas d'avoir été autant attentionnée depuis leur lune de miel. Comme le temps avait passé vite ! Il lui semblait que cela remontait seulement à quelques années, alors que cela faisait soixante ans. Soixante ans de vie commune pour en arriver là, pensa-t-elle. Que la vie est bête ! Elle nous dit *allons-y !* sans toutefois nous dévoiler la destination. Leur destination à eux, c'était ici, dans ce petit appartement tranquille en banlieue de Montréal, loin de leur île natale où ils avaient toujours pensé écouler leurs vieux jours. Quand elle évoquait ce projet de vie, cette petite maison qu'ils avaient fait construire dans leur village d'origine et qu'ils n'ont jamais habitée, avec un brin d'amertume et de résignation, la même phrase lui revenait à la bouche : « L'homme propose, Dieu dispose [2]. »

2 Proverbes 16, 9.

Elle avait pris plus de temps que de coutume pour le faire manger, le laver, l'habiller, comme si elle voulait prolonger les moments, étirer les minutes, pour faire durer le plaisir. Oui, le plaisir, car si elle accomplissait ces gestes quotidiens par devoir et par amour, ce jour-là, il y avait une grande dose de plaisir. Lui se laissait faire, plus docile qu'à l'accoutumée, et malgré le silence dans lequel se déroulaient toutes ces activités, elle avait l'impression qu'il appréciait un peu plus ces instants. Les impressions se multiplient dans de telles circonstances…

Au début de la maladie, quand il ne s'agissait que de problèmes de mémoire, ce n'était pas trop difficile. Frustrant et angoissant certes, mais supportable. Puis, peu à peu, la communication s'était réduite pour, à la fin, disparaître complètement. Le plus souvent, leur journée se passait dans un silence presque total. Ils ne s'adressaient que des regards auxquels elle trouvait un sens, une interprétation, comme à l'adolescence, quand ils ne pouvaient se parler librement en présence de leurs parents. Là, ce n'était plus la gêne, mais l'usure du temps et, surtout, la maladie.

Durant toute la journée, elle n'avait pas arrêté de parler, du temps passé, de leur vie, de leurs réalisations, y glissant au passage certaines anecdotes. Elle parlait comme s'il la comprenait, allant même jusqu'à lui poser des questions auxquelles elle répondait à sa place. Par moments, elle avait ri de bon cœur, toute seule bien sûr, en se remémorant certains événements, comme la fois où, n'ayant pu réunir la somme nécessaire pour l'emmener danser, il s'était fâché sans raison afin de cacher sa gêne. C'était l'anecdote qui revenait le plus souvent dans sa bouche à elle, pour le taquiner, et chaque fois, tous deux riaient de bon cœur, même si, plus de soixante ans auparavant, elle avait beaucoup pleuré. Elle se rappelait cette histoire comme si cela s'était déroulé l'année d'avant.

C'était l'été, un de ces samedis chauds de juillet. La ville grouillait d'activités : théâtre, cinéma, sports, danse, etc. Dès le coucher du soleil, les rues commençaient à s'animer d'une jeunesse qui voulait profiter au maximum de ses mois de vacances avant de retourner sur les bancs d'école. Ce jour-là, l'activité principale consistait en la venue d'un orchestre de Port-au-Prince dont la musique connaissait un vif succès. Dès l'annonce de cet événement, il lui avait promis de l'emmener à cette soirée, et elle avait patiemment attendu ce jour. Sa robe était prête, elle ne l'avait jamais encore portée, mais était certaine de l'effet qu'elle aurait sur son amoureux. Elle comptait être parmi les plus belles et rien qu'à y penser, le rythme de son cœur s'accélérait. Mais au jour J, bien qu'il eût multiplié les démarches, il avait été incapable de trouver la somme nécessaire. Frustré, il avait décidé de jouer une scène dont il était peu fier. D'abord, il avait prétexté une entorse, allant même jusqu'à boiter pour se donner plus de crédibilité. Mais elle l'avait rassuré en lui disant qu'elle aurait quand même beaucoup de plaisir à simplement s'asseoir pour écouter la musique. Pris de court, il avait ensuite évoqué la nécessité de se rendre, dès le lendemain matin, au chevet de sa vieille tante très malade qui habitait la campagne. Ainsi, il devrait se coucher tôt afin de partir au petit jour. S'étonnant de cette annonce soudaine, elle lui avait fait remarquer que ce n'était pas la première fois qu'il aurait à dormir deux ou trois heures et que, d'habitude, cela ne le dérangeait nullement. Quand il avait allégué ensuite que le groupe musical n'était pas si bon qu'on le prétendait et que ses disques surpassaient de beaucoup le son en direct, là, elle s'était mise à le soupçonner de ne plus vouloir l'accompagner à cause peut-être d'une autre fille. Se sentant coincé, il avait joué le jeu de l'insulté et en avait mis plus qu'il n'en fallait, jusqu'à prétendre que si elle doutait de sa fidélité, c'était parce qu'elle aurait peut-être quelque chose à se reprocher. Cette remarque l'avait plongée dans une telle colère qu'elle l'avait envoyé paître avec des mots pas gentils et ils s'étaient quittés fâchés, ce qui, du coup, l'avait libéré de sa promesse qu'il ne pouvait plus tenir, mais aussi qui le fit terriblement souffrir. En effet, il s'en voulut, doublement ; d'abord parce que son comportement avait blessé celle qu'il aime, ensuite du fait de son incapacité à payer les deux billets d'entrée. Ils étaient restés plusieurs jours sans se parler mais, à la fin, n'en pouvant plus, il avait abandonné son orgueil et passé aux aveux. D'abord, elle l'avait engueulé longuement pour son manque de confiance, car il aurait dû tout lui avouer au départ. Puis, elle lui avait fait promettre de ne plus jamais agir de la sorte. Et, à la fin, elle avait déposé un gros baiser sur sa joue et tout avait recommencé comme avant.

Dans le bain, tout à l'heure, elle n'avait pas pu s'empêcher de se dire, comme chaque fois : *Sa peau est restée comme avant, aussi douce que celle d'un bébé.* Et même après avoir déposé le gant, une fois que l'eau eut enlevé tout le savon de son corps, elle continua à laisser glisser sa main le long de ce dos qu'elle connaissait par cœur et qui, autrefois, était tout en muscles. Il avait fermé les yeux, pour se laisser emporter par la beauté du moment et le bien-être que cela lui procurait. Encore une fois, c'était l'impression qu'elle avait. On aurait dit que tous les deux, lui assis dans ce bain adapté à son état de malade et à son âge vénérable, et elle assise sur le rebord, avaient décidé d'arrêter le temps pour se consacrer à ce moment, cet instant divin, qu'instinctivement ils voulaient étirer au maximum. Même quand la maladie avait fini par le dépouiller de tout ce qu'il était, à lui voler sa mémoire, son jugement, sa faculté de parler, il leur arrivait quelquefois de fonctionner avec cette même entente tacite dont ils faisaient preuve depuis des décennies. Il avait beau ne plus reconnaître en elle celle qu'il avait épousée, dans ses gestes, son regard, son attitude, on voyait bien que, de temps en temps, il témoignait encore une certaine considération à cette femme qui partageait ses jours et qui prenait soin de lui.

Quand, à la fin, l'eau perdit de sa tiédeur et qu'elle vit un frisson parcourir son corps, elle sut qu'il était temps de le sortir de là. Avec toute la force qui lui restait, elle l'aida à se relever puis à sortir de la baignoire. Ensuite, elle s'empara de la grande serviette et enveloppa tout son corps et, aussi rapidement que le leur permettaient leurs jambes usées, elle le conduisit dans la chambre où elle avait pris soin d'augmenter au préalable le chauffage afin de lui éviter un passage trop rapide du chaud au froid. La pièce était confortable et, quand elle le débarrassa de la serviette pour lui essuyer le corps et l'hydrater avec cette crème qui sentait si bon, il ne frissonna pas. Là encore, elle prit son temps pour regarder ce corps vieilli qui avait gardé sa grâce. Tendrement, elle le mit au lit, comme on le fait pour un enfant, et alla s'installer dans le fauteuil du salon pour souffler un peu.

Paradoxalement, elle venait de vivre l'une des plus belles, des plus éprouvantes et des plus tristes journées de sa vie. Et là, dans son fauteuil, tout éreintée, elle sentit quand même une certaine joie. Après tout, ils avaient eu un beau parcours. Oui, cette maudite maladie avait tout chamboulé, comme si la vieillesse elle-même n'était pas suffisante, mais elle avait réussi à tenir le coup pendant trois ans. Trois ans durant lesquels elle avait résisté aux conseils des enfants qui insistaient pour le voir en institution. Trois ans à faire fi des recommandations des professionnels de la santé. Là, elle baissait les bras, cette maladie et la vieillesse avaient uni leurs forces pour les obliger à abandonner.

Son seul regret, c'est que cela n'allait pas se passer comme ils le rêvaient et que tout s'achevait ici, dans ce pays qui malgré ses bons côtés leur était resté étranger. « Que la volonté de Dieu soit faite ! » dit-elle tout bas. Elle était persuadée, et cela la consolait, qu'après ils se retrouveraient, et que, malgré la distance, les ancêtres aussi seraient là à les attendre.

Dans la chambre, il dormait, et elle pouvait entendre sa respiration tranquille qui lui parvenait par la porte entrouverte. Pour ne pas le réveiller, elle avait complètement baissé le son de la télévision pour ne regarder que les images qu'elle ne voyait d'ailleurs pas. Ses pensées étaient ailleurs, là-bas et ici. Elles allaient vers leurs trois enfants qui faisaient leur fierté. Comment allaient-ils réagir ? Est-ce qu'ils lui en voudraient ? Comprendraient-ils ? Et puis, assez de questions ! Cela importait peu à présent. L'image la plus récurrente était l'ambulance qui emmènerait son homme dans cette institution. Ah ! Ça non. Que ferait-elle après, toute seule ? Depuis ce fameux jour où ils s'étaient rencontrés, elle devait avoir 16 ou 17 ans, elle n'avait jamais été seule, il était toujours à ses côtés, même quand ils étaient séparés, car tous les deux vivaient dans l'attente de se revoir. Alors ce n'était pas maintenant que cela allait commencer.

Elle ne pouvait imaginer sa vie sans lui et la sienne là-bas, parmi tous ces étrangers, tous des Blancs. Il avait beau être mal en point, elle était sûre qu'il n'aimerait pas ça. Leur nourriture, n'en parlons pas, aucun goût, rien à voir avec ce qu'elle lui préparait. D'ailleurs, se disait-elle, s'il tenait encore le coup, c'était grâce aux plats qu'elle lui préparait. Et puis, aller dans ce milieu si froid, si différent de tout ce qu'ils avaient connu jusque-là, revenait à être enterrés vivants. Et quand bien même elle l'accompagnerait, ils perdraient leur intimité, leurs habitudes, leurs repères. Non et non ! Ils avaient quitté leur pays, mais leur pays ne les avait pas quittés. Et à présent, le temps d'une réadaptation était derrière eux : ils n'avaient ni la force, ni le désir de quoi que ce soit de nouveau.

Après avoir longuement pensé à leur vie d'antan, rassemblé tous ses souvenirs, refait leur parcours de là-bas à ici, elle tira de sa poche le petit chapelet qui ne la quittait plus depuis des années et commença à prier. Elle pria longuement, remerciant Dieu pour tout et lui demandant pardon pour la suite.

Il était 6 heures du matin quand finalement elle quitta son fauteuil. Le jour commençait à poindre et les rayons du soleil naissant faisaient leur chemin à travers les interstices du store vertical installé à la fenêtre du salon. C'était le printemps et la température allait être sûrement agréable. C'était le printemps, et le début d'une nouvelle vie. Elle se leva péniblement pour accomplir sa tâche, elle était prête. À la cuisine, elle ouvrit le placard et en sortit un verre qu'elle remplit à moitié d'eau. Ensuite, elle prit le sachet de sa poche, l'ouvrit et versa son contenu dans le verre. D'un tiroir, elle sortit une petite cuillère avec laquelle, doucement, elle prit soin de bien dissoudre le produit, ce qui donna à l'eau une couleur grisâtre. Elle exécutait le tout avec des gestes assurés, sans hésitation. Ensuite, elle se dirigea vers la chambre. Arrivée au pied du lit, elle le regarda, longtemps, les yeux remplis de toute la tendresse du monde. Lui, dans son sommeil, ne présentait aucun signe de maladie. Plutôt, il avait ce beau visage empreint de noblesse comme si, sur certains attributs, la vieillesse n'avait pas de prise. Il semblait bien, reposé, prêt. Elle contourna le lit, à pas lents. Doucement, elle prit son oreiller. C'était l'instrument. Elle avait souvent pensé à une seringue, mais n'avait jamais pu manipuler cet objet et cela lui semblait trop compliqué. Elle était prête, sûre de sa décision, persuadée que c'était ce qu'il y avait de mieux à faire. Juste peser un petit peu, il n'opposerait pas de résistance, trop faible. Ce serait bref, quelques minutes et, après, ce serait son tour.

Pour une dernière fois, elle décida d'être proche de lui, de le toucher, de l'embrasser, de lui murmurer à l'oreille, comme au bon vieux temps, qu'elle l'aimait. Elle déposa l'oreiller, sans tirer le drap, se coucha à ses côtés de façon que leurs corps se touchent malgré le tissu faisant barrière. Doucement, surtout ne pas le réveiller. Elle se coucha et passa son bras autour de sa taille, sa taille qui avait à peine pris un peu de rondeur. Elle prit son temps pour respirer son odeur qu'elle trouvait encore agréable et qui était renforcée par la crème dont elle lui avait enduit le corps. Autrefois, cette odeur la mettait dans tous ses états. Avec la même tendresse, elle colla sa tête sur son épaule et, dans cette position, elle ne put s'empêcher de verser quelques larmes.

Elle resta ainsi un bon bout de temps. Puis, enfin, elle décida qu'il fallait en finir, que si elle tardait davantage, elle n'aurait plus le temps, ni le courage, et que l'ambulance arriverait et l'emporterait dans cet endroit triste et morne. Ça, elle ne le voulait pas. Ils partiraient ensemble pour se retrouver ensemble là-haut et continuer sous une autre forme. Si les ancêtres n'étaient pas au rendez-vous, tant pis, ils seraient deux. Personne ne pouvait empêcher cela. Elle avait trop longtemps pensé à cet instant, échafaudé son plan, et elle ne changerait pas d'idée. Le verre était posé sur la table de chevet. Après lui, deux ou trois gorgées et ce serait son tour. Il paraît qu'on ne sent rien à part l'eau couler dans sa gorge et qu'ensuite tout se passe doucement, tranquillement, le corps s'engourdit et après, plus rien. On passe de l'autre côté.

Allez, un dernier baiser. D'abord, elle lui caressa tendrement la tête où se dressaient encore quelques cheveux. Les larmes coulèrent doucement sur son visage qu'elle approcha du sien. Elle respira un grand coup, ferma les yeux et posa ses lèvres sur sa joue. Bizarrement, la joue était froide. Elle s'en inquiéta, tira le collet de sa robe de chambre pour lui dégager le cou afin d'y poser le dos de sa main, comme quand il faisait de la fièvre et qu'elle touchait cette partie pour vérifier son état. Le cou aussi était anormalement froid. Elle comprit alors qu'il était parti dans son sommeil, lui évitant ainsi de poser un geste peut-être au-dessus de ses forces.

Sans crainte aucune, après lui avoir donné un dernier baiser, elle avala le contenu du verre, puis entra sous les draps pour se serrer contre lui.

11

LA HAINE

Au début, j'ai voulu l'ignorer, faire celui qui n'entend pas, ne voit pas, ne comprend pas. J'ai voulu jouer à l'idiot, me faire petit pour réussir à gagner ma croûte. Mais ça n'a rien donné ; il tenait bon, prêt à aller jusqu'au bout. J'ai essayé du mieux que j'ai pu de l'endurer, allant même parfois, au début, jusqu'à rire de ses blagues idiotes, histoire de lui montrer qu'elles ne me touchaient pas vraiment. Lui ne le voyait pas sous cet angle et, peut-être, à cause de ce comportement, il me prit pour plus con que je ne l'étais ou encore, il pensait peut-être que c'était un signe de lâcheté de ma part, un signe de faiblesse. À la fin, j'ai craqué, c'en était trop. Aujourd'hui encore, je me demande comment cela aurait pu être évité.

Il était clair qu'entre nous, aucune amitié, aucune relation n'était possible. En amour, on parle souvent du phénomène coup de foudre : quand du premier regard naît entre deux êtres une attirance réciproque. Dans la haine, ou du moins ce qui lui ressemble, je crois que le même phénomène peut aussi se produire : on rencontre quelqu'un et tout de suite on sait qu'on ne pourra jamais l'aimer et, clairement, il nous apparaît que cette antipathie est réciproque. Telle était la situation la première fois qu'on se vit. À ce moment-là, je faisais tout pour cacher mes sentiments, j'avais trop peiné pour dégoter cet emploi et, avec ce qu'il allait me rapporter, je voulais réaliser certains de mes projets. Pour cela, bien sûr, il fallait que je me prive de tout ce qui n'était pas essentiel à ma survie, mais ce n'était qu'un mince sacrifice pour atteindre mes objectifs. Après des mois de recherches, de déceptions, d'attentes, de découragement et d'espoir, je ne voulais pas bousiller ma chance à cause d'un imbécile. « Il finira bien par se fatiguer », m'étais-je dit, mais c'était mal le connaître : quand il te collait au cul, rien ne pouvait lui faire lâcher prise. Aujourd'hui, quand je repense à tout ça, mes sentiments restent ambigus : un mélange de regret, de honte et d'honneur préservé. Et si c'était à recommencer, est-ce que je poserais les mêmes gestes ? Je n'en sais rien. Je sais seulement que quand on pousse un homme à bout, ce qui peut en résulter, personne ne le sait, même pas cet homme-là.

Le premier contact fut un préambule à nos relations futures. Son salut fut sec et ses remarques me laissèrent clairement voir ce qu'il pensait de moi : « Ici, on ne tolère pas les retards, ni les paresseux, et il faut travailler vite. » Il parlait en détachant chaque syllabe et son intonation laissait percer une pointe de mépris. Je ne répondis pas, sachant dès lors que j'avais affaire à un imbécile et me foutant bien de la catégorie dans laquelle il m'avait classé. *Tu changeras vite d'idée quand tu me verras aller*, pensai-je.

Il n'y avait rien de sorcier à transporter des boîtes pour remplir un camion ou le vider de son contenu. Il fallait juste être en bonne forme physique et je l'étais. Mais elles étaient pesantes, les maudites boîtes, et n'étant pas un costaud, je serrais les dents et les fesses afin de suivre le rythme de ceux habitués à de tels mouvements. Quelques-uns me donnèrent des explications et des conseils fort utiles que je suivis à la lettre. Malgré tout, au milieu de la journée, tous mes muscles étaient endoloris. Puisant mes forces je ne sais où, je luttai contre la fatigue, et me fis un point d'honneur de ne rien laisser paraître. Après quelques jours, quand mon corps fut habitué à la cadence, j'eus moins de peine à exécuter les tâches qui m'étaient demandées, mais il me fallut près d'un mois pour qu'à la fin d'une journée de labeur, je puisse bouger sans avoir mal. Par la suite, c'était devenu une routine ; les camions arrivaient, on les déchargeait, d'autres venaient et on les remplissait, comme des robots. La plus intellectuelle des fonctions consistait à lire les étiquettes posées sur les coins supérieurs droits afin de bien placer la marchandise sur les étagères. Pour le reste, il s'agissait de faire travailler nos muscles.

Dès le départ, je détestais ce boulot. Je savais que je valais mieux que ça, mais c'était tout ce que j'avais réussi à trouver et donc le seul moyen de gagner un salaire et de garder une certaine dignité. Les autres semblaient s'y faire et même ils en parlaient avec passion, comme si toute leur vie ils n'avaient attendu que ce job et, maintenant qu'ils gagnaient leur vie à soulever des boîtes, leur objectif était atteint. J'eus du mal à m'intégrer au groupe ; peut-être m'y prenais-je mal ou tout simplement ne voulait-on pas de moi ? Je l'ignore : sans doute un peu des deux. À la fin, je cessai les efforts inutiles et je me contentai de jouer le rôle qu'on m'avait confié et que je connaissais par cœur. Je sympathisais tout de même avec quelques-uns, mais cette sympathie était aléatoire et souvent, en présence des autres, elle se transformait en indifférence, surtout quand lui, il était dans les parages. À cela aussi, j'étais habitué et je n'en tenais rigueur à personne, me souciant uniquement de ce pour quoi j'étais payé : faire travailler mes muscles, soulever et placer des boîtes le mieux possible, avec toute la force dont j'étais capable. N'eût été cet incident, je travaillerais sans doute encore dans cet entrepôt, juste pour le salaire et faute de trouver mieux.

J'étais là depuis trois mois et je continuais à accueillir stoïquement les blagues de mauvais goût qu'il débitait. Elles faisaient rire tout le monde et, chaque fois, on guettait ma réaction. Je ne disais rien, mais je ne riais pas. D'ailleurs, si quelques-unes étaient drôles, la plupart témoignaient seulement de l'esprit qui l'animait. Mais, chaque fois, les rires se faisaient entendre de plus belle. Voulant garder mon calme, j'avais pris l'habitude de m'isoler des autres employés, m'adressant le moins souvent possible même à ceux qui me manifestaient un peu de sympathie. Aussi, pour occuper mon esprit, je traînais avec moi un livre que je lisais durant les pauses. Le livre entraîna des commentaires sarcastiques à mon égard, mais j'y fis la sourde oreille.

Il avait fini par remarquer que ses blagues et ses commentaires n'avaient aucun effet sur moi. Dès lors il changea de tactique, devenant plus direct, énonçant clairement ses intentions, sans détour. Je crois que ce fut à ce moment que les choses commencèrent vraiment à se gâter. La première scène eut lieu un mardi, pendant l'heure du dîner. Comme d'habitude, tout le monde était dans la salle qui servait de cafétéria. Moi, je m'étais installé à ma place habituelle, à l'écart, et tout en mangeant, j'avais les yeux plongés dans mon livre. Je savais que mon attitude le dérangeait ; il aurait peut-être aimé me voir plus à leur remorque, faisant plus d'efforts pour montrer que je faisais partie du groupe. Cela lui aurait donné une occasion de me remettre à ma place, de me faire sentir que je n'étais pas le bienvenu parmi eux et de me rabrouer à sa guise. Mais j'avais prévu tout ça, donc je gardais mes distances. Peut-être que sans lui les choses auraient mieux tourné, je me serais un peu plus rapproché des autres. Mais le meneur, c'était lui, la grande gueule que plusieurs craignaient et n'osaient contredire même s'ils n'étaient pas de son avis.

Un certain jour, il sembla un peu plus dérangé par mon comportement et, fidèle à lui-même, il avait une nouvelle blague à raconter. On aurait cru qu'il en avait toute une réserve. Tout le monde en rit. Je fis semblant de rien et ne réagis pas. Il voulut aller un peu plus loin dans sa hargne et, s'adressant à un des gars, il lui demanda :

— Dis donc, Pierre, qu'est-ce que tu as aujourd'hui comme dessert ?

— Juste une pomme, répondit l'autre, innocemment.

— Ah bon ! ajouta-t-il, je pensais que c'était du chocolat car ça sent drôlement le chocolat *icitte*.

Tout en parlant, il regardait dans ma direction, avec un petit sourire au coin des lèvres. Tout le monde avait compris la subtilité de la phrase et, tandis que certains riaient sous cape, d'autres s'esclaffèrent ouvertement. Pour la première fois, j'eus envie de réagir, de me lever tranquillement et d'aller lui casser la gueule. Mais je restai calme et gardai ma place. Mon sang bouillait. J'étais autant fâché contre lui que contre moi-même, j'avais l'impression que je l'avais laissé aller trop loin et qu'il serait maintenant plus difficile de le faire cesser. Je n'avais pas bougé de ma chaise, j'avais seulement déposé mon livre sur la table et j'essayais de réfléchir au comportement à adopter quand il lança une nouvelle attaque : « Ouais, ça sent vraiment le chocolat ici et du chocolat pas propre en plus de ça. » Les rires fusèrent. Certains lui firent signe de s'arrêter, mais telle n'était pas son intention.

— Tu ne sens rien, toi, Jean ?

Il s'adressait à moi maintenant, mais je me contentai de le fixer, les bras croisés et les poings serrés.

— Je te parle, t'as pas compris ? Je te demande si tu ne trouves pas que ça sent le chocolat ici, du chocolat pas propre.

— Si tu sens quelque chose qui pue, c'est peut-être que tu as le nez placé trop près de ta bouche, lui rétorquai-je.

Personne ne s'attendait à cette réponse et des rires se firent entendre, ce qui le mit en colère.

— Qu'est-ce que tu veux dire ?

— Si t'as pas compris, c'est que t'es encore plus con que je pensais.

Là, on se fixait comme deux boxeurs avant un affrontement. Lui debout et moi toujours assis. Je voyais ses lèvres trembler. Surpris par ce qu'il venait d'entendre, il cherchait une réponse.

— Ce que j'ai compris, moi, c'est que le chocolat c'est toi.

Je me levai de ma chaise et me dirigeai calmement vers lui. Dès que je m'étais mis à bouger, tout le monde avait figé sur place et jamais cette salle n'avait connu un tel moment de silence. Tout le monde guettait ma réaction. Quand je fus devant lui, il recula d'un pas, sur la défensive. Visiblement, quelque chose en lui avait craqué et il essayait de ne rien laisser paraître. Moi, je faisais un effort monstre pour garder mon calme. En lui parlant, j'essayais de contrôler ma voix, pour cacher le plus possible ma colère.

— Écoute-moi bien, espèce d'enfant de pute, car c'est la première et la dernière fois que je vais te le dire. Je ne veux plus que tu m'adresses la parole, sous aucun prétexte, et tes blagues, dorénavant, je te conseille de les raconter en mon absence, sinon je te jure que tu le regretteras.

Il ne répondit pas, se contentant de soutenir mon regard, et nous sommes restés plusieurs secondes à nous dévisager, en proie à une haine et un mépris réciproques.

Après cet événement, il était devenu plus tranquille, avait cessé ses blagues et, pendant un certain temps, il m'ignora complètement. Puis, tout d'un coup, je commençai à le trouver bizarre, sans toutefois arriver à m'expliquer cette impression. Il ne faisait rien qui pouvait éveiller mes soupçons, ne m'adressait même pas un regard, mais j'avais la vague sensation qu'il me préparait un mauvais coup. Je commençai à me méfier, à faire attention quand il était derrière moi. Après quelques jours, me trouvant ridicule, je changeai d'attitude, ne voulant pas qu'on me traite encore de parano. Aujourd'hui, en repensant à tout ça, je me dis parfois que j'aurais dû partir avant que cela n'arrive, que j'aurais pu l'éviter, que peut-être... Mais je crois que dans la vie certains événements sont inévitables, des chemins sont tracés d'avance, et qu'importe le détour, on les emprunte tôt ou tard. Certains parleront de destin, d'autres d'épreuves à subir afin de comprendre, de payer ou de grandir, selon leur philosophie. À présent, je comprends que j'étais allé trop loin dans ma haine, lui aussi dans la sienne, mais est-ce que tout ça aurait pu être évité ? Je ne me pose plus la question. C'est fait.

Et vint la fin de la trêve. La deuxième attaque arriva après une journée assez rude passée à vider de leur contenu deux camions. Plus que de coutume, je ressentais une grande fatigue et je ne pensais qu'à une chose : rentrer chez moi, prendre un bon bain chaud et me coucher tranquillement de façon à refaire mes forces pour le lendemain. En ouvrant la porte du casier où d'habitude je rangeais mes objets personnels, je ne pensais qu'à l'eau chaude sur ma peau, pénétrant mes muscles endoloris. Tout d'abord, je crus que je m'étais trompé de porte, mais après vérification, c'était bien mon casier. À l'intérieur se trouvait un colis sur lequel mon nom était inscrit en grosses lettres. Visiblement, il m'était adressé et je m'empressai de l'ouvrir. Une feuille de papier l'accompagnait et je reconnus tout de suite son écriture, il ne s'était même pas donné la peine de la modifier. En lisant son message bourré de fautes, tout mon sang se glaça. Je sentis la rage gronder au fond de moi quand je découvris le contenu. Mes mains se mirent à trembler et, à cet instant, je connus l'envie de tuer.

Le lendemain, j'allai porter plainte au patron. Je lui montrai la boîte de savon qui formait le colis et la feuille sur laquelle il était écrit, en grosses lettres : « SI TU TE DONNE LA PEINE DE TE LAVÉ, PEUT-ÊTRE, TU PURAS MOINS ET TU SERA MOINS NOIR. » On me promit de faire enquête, de trouver le coupable et de le réprimander sévèrement. J'avais beau lui dire que je connaissais le coupable, que c'était facile de comparer cette écriture avec les inscriptions sur les boîtes. À son avis, ce n'était que des suppositions, il n'y avait pas de preuve et, par son enquête, il finirait bien par trouver le fautif. Je n'insistai pas, je ne lui dis pas non plus que je ne croyais pas à son enquête, que j'étais sûr qu'elle n'aboutirait à rien. Or deux jours plus tard il me fit venir dans son bureau pour me confirmer ce que je pensais : ce salaud avait nié avoir posé ce geste, on n'avait pas de preuve contre lui et n'importe qui dans l'entrepôt aurait pu imiter son écriture. Je ne fus nullement surpris, c'était prévisible. Sans dire un mot, je sortis et m'efforçai d'aller continuer mon travail.

Les jours suivants, il eut un comportement irréprochable mais, après sa première période de calme, j'avais appris à me méfier. S'il frappait moins souvent qu'avant, ses coups étaient devenus plus méchants, plus durs : l'épisode du savon en était la preuve. Néanmoins, je me mis à apprécier cette apparente tranquillité tout en sachant qu'elle pouvait basculer à tout moment. D'abord, je crus qu'on l'avait réprimandé pour son attitude envers moi et que, sous menace de peine quelconque, on lui avait fait comprendre que certaines choses n'étaient pas permises dans l'entreprise. Il n'en était rien du tout, c'était le calme avant la tempête et, un jour, tout bascula.

Ce matin-là, contrairement à mes habitudes, j'arrivai le premier à l'entrepôt, une bonne demi-heure à l'avance. En attendant de commencer, je lisais tranquillement tout en buvant un café. Il arriva quelques minutes plus tard et dès qu'il franchit la porte, je sentis que ça ne tournait pas rond chez lui, qu'il avait repris son humeur d'antan. Sans dire un mot, il se mit à déplacer tout ce qui était dans la pièce, avec une violence telle que j'abandonnai ma lecture et je quittai la salle en direction du vestiaire où je voulais me changer avant de commencer à travailler. Il me rejoignit peu de temps après et, aussitôt entré, me lança : « S'il y a quelqu'un de trop ici, c'est bien toi ; personne ne t'a fait venir et si t'es pas content, tu n'as qu'à retourner d'où tu viens. » Je ne répondis pas, me dépêchant seulement de m'habiller pour, une fois de plus, fuir sa compagnie.

Son comportement m'avait déboussolé. Je pensais qu'il s'était calmé, mais j'étais loin de la réalité comme il me le prouva pendant toute la matinée. En effet, il avait repris ses vieilles habitudes et enchaînait les blagues déplacées. Autour de lui cependant, il y avait à présent plus de prudence ; on riait peu, lui demandant même de se taire. Moi, sans savoir comment, je réussis à garder un flegme que je ne me connaissais pas jusque-là.

Puis vint l'irréparable. À l'heure du dîner, me dirigeant tranquillement vers ma place habituelle, je remarquai qu'il occupait justement cette place. Je vis là un signe de défi que je voulus du coup relever. Je m'installai en face de lui. Visiblement, mon comportement l'avait surpris ; il s'attendait à ce que je déménage, mais j'en avais marre de toute cette histoire. J'étais subitement gonflé à bloc, prêt à tout. J'étais à peine assis qu'avec un geste de dégoût et de dédain, il se pinça le nez tout en me regardant. Ce fut la goutte qui fit déborder le vase.

— Quelque chose ne va pas ? lui demandai-je.

— Oui, répondit-il, tu pues en *sacrament*.

Plus tard, quelqu'un décrivit mon comportement en me comparant à un animal sauvage et je comprends aujourd'hui que, dans certaines circonstances, l'homme redevient animal, mais un animal fou. Je me jetai sur lui et me mis à le marteler de coups. On avait beau essayer de me retenir, de me détacher de lui, mes forces étaient décuplées et rien ne pouvait venir à bout de ma rage. Quand j'arrêtai, ce fut bien contre moi car mes poings fatigués ne m'obéissaient plus. Lui, il gisait sur le sol, immobile. Je me relevai et vis son visage tuméfié et le sang qui sortait de ses narines, les mêmes que peu de temps auparavant il pinçait pour exprimer son dégoût envers moi. Je revis encore cette image et, dans un relent de folie, j'arrachai un extincteur qui était accroché au mur et je lui en assenai un violent coup sur la tête. Je pense que ce geste lui fut fatal.

Au tribunal, je ne crois pas que le juge ait très bien saisi l'histoire. J'ai quand même essayé de la lui raconter comme je l'ai vraiment vécue. Je n'ai pas non plus cherché sa compassion, je savais que j'étais devenu un assassin qu'il fallait punir et j'étais prêt à recevoir mon châtiment. Après le prononcé de la sentence, mon avocat me chuchota à l'oreille que si j'avais un peu plus collaboré, j'aurais pu m'en tirer avec cinq ans de prison plutôt que dix. Je n'en avais rien à foutre !

12

LE PARDON

— ANTOINE ! HÉLA LA VOIX.

Il sentit un léger, très léger tressaillement lui parcourir l'échine, mais continua son chemin.

« Antoine Cherfils ! » entendit-il de nouveau.

Cette fois, pas de doute, c'était bien lui qu'on appelait. Il arrêta de marcher, mais ne se retourna pas pour vérifier d'où venait la voix ni à qui elle appartenait.

« Eh bien, je n'en crois pas mes yeux. C'est bien toi ? » continua la voix.

Ce fut seulement à ce moment que lentement, il se retourna pour voir à qui il avait affaire. Il vit l'homme s'avancer vers lui, sourire aux lèvres, visiblement content. Il ne l'avait pas encore reconnu puisque, comme à son habitude, il avait enlevé ses lunettes de myope payées pourtant très cher. Mais il détestait les porter, cela lui rappelait trop le temps où on le surnommait *bicyclette* à cause de ses grosses lunettes mal ajustées obtenues des apprentis opticiens américains qui, parfois, venaient les distribuer à son école après un bref examen de la vue. Pourtant, c'était loin ce temps, et tout ce qu'il portait maintenant était griffé et lui donnait fière allure. Mais les mauvais souvenirs sont parfois si persistants qu'ils compromettent souvent notre jugement. L'homme n'était plus qu'à deux mètres de lui et, déjà, il lui tendait la main. Les traits de son visage se précisaient à mesure qu'il avançait, et Antoine le fixait intensément afin qu'à son tour, il puisse lui accoler un nom. Tout en le regardant dans les yeux, l'homme lui serra la main vigoureusement et avec chaleur.

« Quelle surprise, dis donc ! »

Tenant sa main droite, l'homme de sa main gauche attira Antoine vers lui et lui donna l'accolade. « Je suis content de te revoir », ajouta-t-il.

En effet, le contentement de l'homme était visible et on sentait qu'il était sincère. Antoine, lui, n'avait pas ouvert la bouche. Affichant un sourire figé, il consacrait toute son énergie à identifier ce personnage qui lui rappelait quelqu'un sans pouvoir être sûr que c'était vraiment lui. Belle gueule, grand, la tête complètement dégarnie, léger embonpoint, apparence soignée, veste de cuir de bonne coupe, jeans et chaussures de qualité. Et tout d'un coup, le flash. Il le voit dans la cour de récréation en train de jouer au foot. Joël ! Le visage avait pris un peu de rondeur, mais restait facilement reconnaissable. La difficulté venait de la tête dégarnie alors qu'à l'époque, la coiffure afro de Joël était l'une des plus réussies de l'école, jusqu'à ce que tout le monde fût obligé de porter les cheveux courts sous peine d'être renvoyé. Et là, Antoine laissa aussi éclater sa joie. Il criait plus qu'il ne parlait.

— Joël ! Quelle surprise ! Comment ça va ?

— Ça va très bien, mon vieux. Et toi ? T'as l'air en pleine forme.

Pour une rare fois, Antoine était content de revoir une ancienne connaissance. D'habitude, il les fuyait, voulant presque tout effacer de sa vie d'avant dont une grande partie était enfouie dans un coin reculé de sa mémoire, un coin qu'il visitait rarement, qu'il n'évoquait presque jamais, depuis que, quinze ans auparavant, ses pieds avaient foulé le sol de Montréal. Mais Joël, c'était Joël, son héros, son protecteur qu'il avait perdu de vue et qui se tenait là devant lui, tout sourire, un sourire sincère, qui n'avait pas changé malgré les années.

— Que je suis content de te revoir ! Je me suis toujours demandé ce que t'étais devenu, continua Joël.

— Moi aussi, je me suis posé la même question à ton sujet.

Ils rirent, se donnèrent encore l'accolade et, pendant quelques instants, se regardèrent dans les yeux, comme pour être vraiment sûrs qu'ils ne rêvaient pas. Ce fut Joël qui reprit la parole.

— Ça alors ! Si je m'attendais à une telle rencontre aujourd'hui ! Je ne savais même pas que tu étais dans la région. J'avais entendu dire que tu étais médecin et habitais les États-Unis.

— Non, j'ai toujours été ici.

— Dis donc, il faut que tu me donnes tes coordonnées et je vais faire de même. Il faut absolument se revoir.

Tout en parlant, Joël sortit son portefeuille d'où il tira une carte professionnelle qu'il tendit à Antoine, après avoir sorti un stylo pour ajouter un autre numéro sur la carte. Antoine prit la carte et, sans même la regarder, la mit dans la poche de sa chemise. À son tour, il tira son portefeuille de la poche de sa veste, en sortit une carte professionnelle, et en se servant du même stylo, y ajouta son numéro de téléphone personnel avant de la remettre à Joël. Cette fois, il ne sentit pas le besoin d'utiliser la stratégie habituelle qui consistait à recevoir les coordonnées de l'autre sans donner les siennes. Et si jamais on insistait pour avoir quand même son numéro de téléphone, il avait développé un plan B ; il remplaçait un des chiffres par un autre pris au hasard, ce qui du coup brouillait les pistes et le rendait injoignable. Il ne tenait nullement à laisser des traces de ses rencontres, surtout pas à ceux qui le connaissaient autrefois et qui évitaient le petit gars chétif, boiteux et avec une grosse tête. Le chirurgien qu'il était devenu ne voyait aucune raison de nouer des contacts avec ceux-là même qui, dans sa jeunesse, le méprisaient presque. Autrefois, aucun des élèves de sa classe ni des enfants de son quartier ne le trouvait assez intéressant pour le considérer comme un ami. Et si parfois on lui manifestait un peu d'intérêt, c'était pour une raison bien déterminée : obtenir une explication pour un problème de mathématiques, répondre à des questions avant un examen ou quêter un éclaircissement dans une autre matière. Il aidait de bon cœur, même s'il savait que ses interlocuteurs, une fois leur but atteint, faisaient peu de cas de lui.

Au secondaire, les choses s'étaient un peu améliorées, comme si l'âge et la maturité avaient apporté un peu de compassion dans le cœur de ses camarades. Depuis l'intervention de Joël, il ne se faisait plus appeler *Cabeza* [3] ou *Toclo* [4] (du moins pas en sa présence) et, avec le temps, ces deux surnoms disparurent complètement. Et puis, physiquement, la nature était devenue plus favorable à son endroit. Pas complètement, mais assez pour que son apparence s'en trouve améliorée. Il se servait encore de sa béquille ; toutefois, sa démarche était plus régulière. Ensuite, au lieu des grosses lunettes posées sur son nez qui lui donnaient un air vraiment ridicule, on lui en avait déniché une paire qui n'avait rien à envier à celles des autres. Enfin, il ne bégayait presque plus et surtout, surtout, les courbes de son visage semblaient trouver un certain équilibre.

Malgré tout cela, quelque chose persistait dans le comportement des autres à son égard, comme s'il subsistait un relent des préjugés passés, qui le classait dans un groupe à part, différent. Heureusement, il y avait les livres et ils étaient ses meilleurs amis. À cela s'ajoutait l'amour que lui vouait sa vieille tante qui lui

---

3. Surnom donné à ceux qui ont une grosse tête.
4. Surnom donné à ceux qui boitent.

---

servait aussi de mère depuis qu'il avait perdu la sienne en bas âge. Bien que celle-ci ne sût ni lire ni écrire, elle tenait à ce que son neveu soit *philosophe* [5] et, chaque jour, priait le Bon Dieu à cette fin. Mais sa particularité qui plus tard allait complètement changer sa vie fut son intelligence au-dessus de la moyenne. En effet, il brillait dans toutes les matières enseignées et fut vite remarqué par les prêtres qui dirigeaient le Collège et qui, après ses études secondaires, l'aidèrent à obtenir une bourse pour le Canada. C'est ainsi qu'un jour de juillet, il débarqua à Montréal. Depuis, il en avait fait du chemin. Cela ne fut pas toujours facile, mais grâce à sa détermination, il atteignit et même dépassa les buts qu'il s'était fixés. Son passé était loin, et il avait réussi à le ranger dans l'armoire aux oubliettes pour se concentrer sur le présent. Presque réussi en fait, car en de rares occasions, vraiment rares, surgissait un relent qui le ramenait au temps de sa jeunesse, par exemple des rencontres fortuites avec d'anciennes connaissances. Ainsi, il avait bâti sa vie de façon à raréfier ces occasions le plus possible, et quand invariablement elles se présentaient, il avait développé la capacité de chasser de sa mémoire les souvenirs qui le hantaient.

Joël ne faisait pas partie des mauvais souvenirs. Même, c'était l'une des rares fois qu'il était sincèrement content de revoir quelqu'un qu'il avait connu dans l'autre vie.

— Je suis vraiment content de te revoir, mon vieux, lui répéta Joël. Que fais-tu de bon ?

Il ne savait jamais comment répondre à cette question si vague. Qu'est-ce que l'autre voulait vraiment savoir ? Et sa réponse fut aussi vague que la question.

— On est là, on se débrouille, répondit-il tout bêtement.

---

5. Titre donné à ceux qui ont réussi leur classe de philosophie, marquant ainsi la fin des études secondaires.

Au même moment, apparut une femme. Grande, belle, blonde, elle tenait un sac dans chaque main. Visiblement, elle sortait d'un ou de plusieurs magasins. Les yeux de Joël quittèrent Antoine pour se poser sur cette apparition habillée d'une simple robe d'été de couleur bleue, mais qui pourtant rayonnait par sa seule présence. En suivant le regard de son interlocuteur, Antoine tourna la tête et vit sa femme.

— Joël, je te présente mon épouse, Gina.

Timidement, Joël tendit la main à la femme qui, sourire aux lèvres, l'attrapa et la serra vigoureusement.

— Salut Joël, dit-elle chaleureusement, avec un brin de familiarité dans la voix.

— Joël et moi sommes de vieilles connaissances, ajouta Antoine. On ne s'était pas vus depuis des lustres.

— Belles retrouvailles, dit Gina, toujours avec un grand sourire.

Puis elle serra une nouvelle fois la main de Joël avant de reprendre ses sacs et d'ajouter : « Contente de faire votre connaissance, Joël », et à l'attention de son mari : « Chéri, je t'attends dans la voiture. »

Restés seuls, les deux hommes se donnèrent encore l'accolade pour manifester leur joie. Puis Antoine leva la tête pour planter ses yeux dans ceux de Joël qui était beaucoup plus grand que lui et, d'un air sérieux, il lui déclara :

— Je ne t'ai jamais oublié, mon vieux, jamais. Et je te serai éternellement reconnaissant.

— Tu penses toujours à cette vieille histoire ? C'est du passé, mon ami. Et puis, tu as fait du chemin depuis. Tu n'as plus besoin de personne maintenant. Tu es un grand médecin à ce qu'il paraît.

— Je suis médecin effectivement. Mais je t'assure, je n'ai jamais oublié cette histoire et je me suis souvent demandé ce qu'il est devenu, ce Jocelyn Jean-Baptiste.

— Justement, répondit Joël, je l'ai revu il y a quelques mois. Il travaille dans un restaurant dans l'est de la ville.

C'est à croire que ces temps-ci, les planètes sont alignées pour que je rencontre d'anciennes connaissances.

Antoine sentit son cœur battre plus fort dans sa poitrine. *Il est à Montréal lui aussi*, se dit-il. Et tout de suite, il posa à Joël la question qui lui brûlait les lèvres.

— Quel restaurant ?

Joël hésita.

— Laisse tomber, Antoine. Crois-moi, ça ne vaut pas la peine de le revoir. Nous étions des gosses inconscients. Je suis sûr d'ailleurs qu'il a regretté son geste juste après l'avoir posé.

— Je sais.

Et prenant un ton plus doux, Antoine continua.

— Ce n'est pas par esprit de vengeance, loin de là. Mais j'aimerais le revoir. Il me semble que cela me fera du bien, me permettra de boucler la boucle pour que j'arrête de penser à cette histoire.

Joël le regarda longuement, comme s'il réfléchissait avant de prendre une décision importante.

— Tu me promets que tu vas bien te comporter avec lui ?

— Promis juré !

Antoine nota le nom du restaurant d'un geste qui se voulait désinvolte, mais qui était loin de l'être. *Je trouverai bien l'adresse*, se dit-il. Et après quelques autres échanges, les deux hommes se quittèrent en se promettant de se revoir le plus tôt possible.

Dans la voiture, Antoine fut pensif et garda le silence jusqu'à ce que sa femme prenne la parole :

— Il a l'air bien, ton Joël.

Il répondit du tac au tac.

— Oui, on devrait l'inviter un de ces jours à la maison.

En entendant ces mots, Gina ouvrit grands les yeux, mais lui, les siens rivés sur la route, ne pouvait voir l'étonnement qui se dessinait sur le visage de sa femme.

En presque dix ans de mariage, c'était la première fois qu'il tenait un tel propos. Jamais, auparavant, il n'avait invité une ancienne connaissance chez lui. Au début de leur relation, alors que Gina lui faisait remarquer qu'elle ne connaissait aucun de ses amis, il avait répondu qu'il n'avait pas d'amis, qu'il n'en avait jamais eus. Ainsi, tous ceux qu'ils fréquentaient, en vérité, très peu, étaient des gens rencontrés au cours de leur vie commune et qu'il sélectionnait avec soin. Et voilà qu'il proposait d'inviter ce Joël. Gina était étonnée mais contente quand même que, pour une fois, son mari déroge à la règle qu'il s'était lui-même fixée. Après tout, ce Joël lui paraissait sympathique.

Il avait parlé, mais tout de suite après, s'était renfermé dans son silence, avec dans la tête plein de souvenirs qui refaisaient surface, comme quand on soulève le couvercle d'une marmite et que le contenu en pleine ébullition déborde sans qu'on puisse le retenir. Si, au cours des années, il avait réussi à se bâtir une carapace, à chasser de sa mémoire plein d'événements douloureux, certains, pourtant sans grande importance, persistaient. Celui auquel il pensait en conduisant était non seulement le plus récurrent, mais aussi l'un des plus mémorables, car il marquait un tournant dans sa vie. Ce fut à partir de ce jour que ses camarades commencèrent non pas à le respecter, mais à faire attention à leur façon de se comporter avec lui, sachant qu'au moindre faux pas, Joël pouvait intervenir en sa faveur.

Il revoit la scène. C'était en classe de seconde, durant ses études primaires. Il devait être âgé d'une douzaine d'années. Durant la récréation, alors que la majorité des élèves jouait au foot, lui, fidèle à son habitude, se tenait à l'écart, seul, le dos contre le mur de l'édifice qui servait alors de librairie, occupé à lire tranquillement un livre. Quand, levant la tête, il vit arriver le ballon, instinctivement son pied – celui qui n'était pas malade – bougea et frappa le ballon qui, au lieu de repartir en sens inverse, suivit une courbe oblique et alla s'arrêter plus loin dans un buisson. Cela mit de mauvaise humeur le garçon qui poursuivait le ballon, car il était forcé de courir plus loin pour aller le chercher. Fou de colère, il se dirigea vers Antoine et avant même que ce dernier puisse comprendre ce qui se passait, le garçon le gifla violemment. Quelques-uns trouvèrent ça drôle et rirent de bon cœur. Le garçon alla chercher le ballon et repassa devant lui sans même le regarder, comme si cet incident anodin était déjà oublié. Mais deux pas plus loin, Joël était là qui l'attendait.

— Pourquoi as-tu fait ça ? lui demanda-t-il.

— Quoi ? répondit le garçon, comme s'il avait oublié ce qui venait d'arriver.

— Tu l'as frappé, continua Joël.

— Ah ! dit l'autre en voulant continuer vers le terrain de foot avec le ballon sous le bras.

— Tu vas t'excuser et tout de suite, lui dit Joël en se plaçant devant lui de façon à lui barrer la route.

— Voyons donc, ça ne va pas ?

Joël, les yeux fixés sur le garçon, fit signe à Antoine de s'approcher et quand celui-ci fut à ses côtés, il déposa sa main sur son épaule en disant au garçon :

— T'as le choix : ou tu t'excuses ou il te frappe comme tu l'as frappé et s'il ne veut pas, alors ce sera moi qui te mettrai la main sur la gueule.

Les autres élèves s'étaient vite avancés vers eux, formant un petit groupe, curieux de savoir ce qui se passait ; et tous ceux qui étaient autour entendirent la dernière phrase de Joël. Il y eut un silence inhabituel dans cette cour de récréation occupée par des garçons turbulents. Antoine se tordait les mains, gêné et triste d'avoir, pour la première fois de sa vie, reçu une gifle. Aussi craignait-il la suite des choses, car le garçon ne pouvant se mesurer à Joël – un des plus costauds de l'école – allait sûrement vouloir se venger sur lui. En son for intérieur, il félicitait Joël d'avoir inclus le « s'il ne veut pas » dans ses options. Ainsi, il n'aurait pas à gifler le garçon à son tour. Ça, il n'aurait pu le faire malgré l'envie qui lui brûlait les mains. Pour le garçon, ç'aurait été aussi le comble, la plus grande humiliation que de recevoir une calotte d'Antoine, le plus FAIBLE de TOUS. Il choisit donc le moindre mal et, d'une voix à peine audible, s'excusa. Trouvant qu'il s'en tirait à bon compte, Joël lui fit répéter son excuse, cette fois à haute voix, et sachant bien ce qui risquait d'arriver ensuite, il se tourna vers le petit groupe, sa main toujours posée sur l'épaule de son protégé, et déclara : « désormais, celui qui s'en prend à Antoine aura affaire à moi et que ce soit bien clair pour tout le monde ». Puis, il fit un clin d'œil à Antoine et s'en alla. En maintes occasions, il avait remarqué le traitement qu'on accordait à ce dernier, mais quoiqu'un peu troublé il n'avait jamais réagi. Ce jour-là, sa classe jouait sur le terrain voisin et, comme par hasard, il se trouvait dans les parages. Faut dire aussi qu'il avait toujours eu une dent contre ce garçon un peu lâche qui s'en prenait souvent aux plus faibles.

À la sortie des classes, Joël attendit Antoine et fit avec lui un bout de chemin, vu qu'il devait prendre la même direction pour rentrer chez lui. C'était suffisant pour que, du jour au lendemain, cessent tous les quolibets qui s'adressaient à Antoine. Cet incident, s'il ne créa pas entre eux une grande amitié, eut le mérite de les rapprocher. Par la suite, on vit de temps en temps Joël en compagnie d'Antoine, ce qui eut pour effet de dissuader les autres garçons qui avaient pour coutume de lui lancer des quolibets. À compter de ce jour, son quotidien s'était grandement amélioré.

À l'adolescence, ne fréquentant plus la même école, ils se voyaient de moins en moins, jusqu'au jour où leurs chemins se séparèrent. Quand Antoine quitta Haïti pour le Canada, il avait déjà perdu la trace de Joël qui, lui, était parti pour Port-au-Prince, la capitale. À Montréal, il fit de brillantes études en médecine et, plus tard, il subit une opération chirurgicale qui lui permit de se débarrasser de sa béquille mais pas complètement de sa claudication. Puis, Antoine se maria et fonda une famille. En l'espace de quelques années, le petit gars malingre pouvait être placé dans la liste de ceux qui, comme on dit, ont réussi leur vie.

Souvent, il s'était demandé ce qu'étaient devenus Joël Métellus et Jocelyn Jean-Baptiste. Il souhaitait un jour les rencontrer, le premier pour lui témoigner sa reconnaissance. Quant au second, il voulait se venger sans vraiment savoir comment, mais se venger de la seule gifle qu'il ait reçue de sa vie, un événement qui l'avait profondément marqué. Malgré tout, il n'avait jamais entrepris de démarche pour retracer ces deux hommes. Et voilà que, comme par hasard, au moment où il s'y attendait le moins, sa curiosité était doublement satisfaite. À présent, il n'avait qu'une idée en tête, revoir Jocelyn Jean-Baptiste.

Trouver l'adresse du restaurant fut un jeu d'enfant. Il restait à connaître son horaire. Là encore, il n'eut aucune difficulté. Il téléphona un matin, demanda à parler à Jocelyn Jean-Baptiste et, de fil en aiguille, obtint toute l'information voulue. Durant les jours suivants, bien que le restaurant fût situé à une bonne demi-heure de son domicile et malgré un horaire chargé, il allait de temps en temps rôder dans le coin. Chaque fois, comme un chasseur traquant sa proie, il tournait autour de l'édifice qui était situé dans un centre commercial, le plus souvent sans même descendre de sa voiture. Il n'arrivait pas à se faire une idée précise du comportement à adopter en présence de Jocelyn Jean-Baptiste, ni à concevoir la forme que prendrait sa vengeance. Il avait pensé à plusieurs stratégies, mais celles-ci, une fois élaborées, étaient aussitôt rejetées. À force d'y penser et de revivre en pensée cet événement, il se surprenait parfois à se toucher la joue, comme s'il ressentait encore la brûlure causée par la main de l'autre. Il n'arrivait pas non plus à s'expliquer pourquoi, de tous les affronts qu'il avait subis, celui-là restait si présent dans sa mémoire. Tout ça rendait donc sa démarche un peu floue. Il voulait affronter Jocelyn, mais ne savait pas comment. Il désirait se venger, mais n'arrivait pas à se faire une idée précise de l'acte à poser. Maintes fois, il avait songé à se présenter dans le restaurant pour le voir ; cependant, il n'avait jamais pu mettre son idée à exécution. Ainsi, pendant plusieurs jours, il se contenta de s'asseoir dans sa grosse voiture et de guetter la porte d'entrée.

Puis un jour, sa femme lui demanda de l'accompagner dans un magasin situé non loin de ce même restaurant. Bien que détestant le magasinage, il accepta de bon cœur, y voyant un signe du destin. Il ne resta pas longtemps à l'intérieur et, après quelques minutes, il décida d'aller attendre dans la voiture, de façon à poursuivre son guet. Il avait à peine ouvert la portière que, levant la tête, il aperçut à quelques mètres de lui un homme qui, en marchant, regardait dans toutes les directions. Visiblement, il cherchait à localiser l'emplacement où il avait garé son véhicule. Cela arrive souvent, surtout dans les immenses stationnements comme celui où il se trouvait. Il regardait l'homme circuler entre les voitures stationnées, allant tantôt à droite, tantôt à gauche, revenant sur ses pas, avec une démarche si lente qu'on aurait dit que le poids de son corps ralentissait ses mouvements. On ne sentait aucune énergie dans sa façon de déambuler. À un moment donné, il avança dans la direction d'Antoine et celui-ci, le cœur battant, se dit *c'est bien lui, il n'y a pas de doute. Comme il a vieilli ! On dirait un clochard.* En effet, l'homme n'avait pas bonne mine et son accoutrement laissait à désirer. Soudain, en regardant à sa gauche, l'homme leva en l'air ses deux mains et changea de direction ; cette fois, ses pas étaient plus assurés ; il venait de voir l'objet de sa recherche. Antoine, tenant toujours la portière entrouverte, entendait les battements de son cœur dans sa poitrine. La proie était là, il ne fallait pas qu'elle s'échappe. Et soudain, comme mû par une force invisible, il referma la portière et se dirigea vers l'homme qui lui, ayant retrouvé sa voiture, s'apprêtait à y pénétrer. Afin de l'atteindre avant que l'autre n'ait le temps de quitter les lieux, Antoine marcha aussi vite que sa jambe malade le lui permettait et atteignit, un peu essoufflé, une vieille Mazda couverte de rouille que l'homme s'apprêtait à démarrer. Toujours poussé par cette force et sans pouvoir expliquer son geste, il cogna doucement sur la vitre côté conducteur. Celui-ci leva la tête pour le regarder, cligna des yeux et, après quelques secondes, un étonnement se dessina sur son visage lorsqu'il reconnut Antoine. Il se mit à actionner la manivelle pour baisser la vitre, puis se ravisa, ouvrit la portière et sortit de la voiture. Lui aussi avait le cœur qui battait la chamade.

Les deux hommes étaient maintenant face à face et, sur le visage de chacun, apparaissait un sourire qui ressemblait plus à une grimace. Pendant un court instant, ni l'un ni l'autre ne sut quoi dire ni quoi faire. Après tout, ils ne s'étaient jamais adressé la parole et, directement, leurs routes ne s'étaient croisées qu'une seule fois. Pour Antoine, c'était une fois de trop et ce fut lui qui brisa le silence.

— C'est bien Jocelyn ? Jocelyn Jean-Baptiste ?

Il n'avait jamais oublié ce nom.

— Oui, répondit l'autre, d'une voix timide.

Antoine leva la tête pour planter ses yeux dans ceux de Jocelyn qui le dépassait d'une tête. En une fraction de seconde, il revit en mémoire la scène qui s'était déroulée plus de vingt ans auparavant. Cette fois, il se sentait le plus fort. Il se rendit compte que Jocelyn ne soutenait pas son regard, il avait plutôt promené rapidement ses yeux sur son complet de bonne coupe qui contrastait avec ses vêtements à lui : une chemise d'un aspect douteux, des jeans élimés et des chaussures usées. Antoine ne se nomma pas, il savait que cela importait peu, que l'autre l'avait bien reconnu et, vu sa gêne, qu'il se souvenait aussi de la gifle. Il était presque sûr que si c'était Jocelyn qui l'avait aperçu le premier, ce dernier ne l'aurait pas appelé ; même, il aurait tout fait pour l'éviter. Et là, il prenait plaisir à sentir sa gêne, il se délectait à remarquer comment le temps l'avait marqué. Un petit sourire moqueur ornait son visage quand, enfin, il tendit la main à son interlocuteur tout en lui disant : « Content de te revoir. Que fais-tu de bon ? » Jocelyn, sans doute ne sachant quoi répondre et comme si la réponse était évidente, fit un geste vague de la main gauche tandis qu'Antoine tenait toujours l'autre serrée dans la sienne.

— J'étais là-bas et je t'ai vu. J'étais pas sûr que c'était toi, alors je me suis rapproché. Et là, surprise, Jocelyn Jean-Baptiste en personne.

— Moi aussi, je suis content de te revoir, dit Jocelyn, avec la même intonation que vingt ans auparavant au moment de s'excuser.

Antoine sourit bêtement. En le regardant de plus près, il trouvait qu'il avait vraiment vieilli et paraissait plus âgé qu'il ne l'était en réalité. Il n'arrivait pas à voir en cet homme le garçon qui, dans sa jeunesse, semait la terreur dans la cour de récréation de leur école. Ce qu'il vit, c'est que tout chez lui transpirait l'échec : sa mine, son accoutrement, sa voiture, son maintien, tout. Il avait en lui les stigmates de ceux qui ont tout raté, que la vie a malmenés, ceux que le malheur a choisis pour faire son nid. Devant cette constatation, Antoine fut décontenancé. Dans tous les scénarios qu'il avait échafaudés, il n'avait pas prévu cette scène. Contrairement à ce qu'il avait promis à Joël, il avait plutôt planifié de mettre Jocelyn K.-O., comme dans un combat de boxe, et là, il ne voulait même pas attaquer l'homme qui lui faisait face. Il avait prévu de revenir sur cette histoire de gifle, de lui parler de sa réussite sociale, de son statut de médecin ; bref, de montrer à l'autre que le garçon malingre était devenu un professionnel respecté. Au lieu de tout cela, il se sentait désarçonné et il se contenta de fixer l'autre dans les yeux en se demandant ce qu'il lui était arrivé.

La gêne de Jocelyn était palpable, et ce fut avec beaucoup d'efforts qu'il parvint à soutenir le regard d'Antoine. Il ouvrit la bouche pour parler, mais aucun son n'en sortit. Cherchait-il à s'excuser encore une fois ? Pendant quelques instants, les deux hommes furent incapables de prononcer un mot, comme si cet incident de jeunesse avait creusé entre eux un fossé infranchissable.

Antoine pouvait à peine concevoir que l'homme en face de lui était bel et bien celui contre qui il nourrissait tant de rancœur depuis toutes ces années, celui à qui il avait gardé une place dans le fond le plus obscur de son cœur. Pris de compassion, il tira une carte professionnelle de sa poche et la tendit à son condisciple. « Si jamais je peux t'être utile de quelque façon que ce soit, n'hésite pas à me contacter. » Il était sincère mais doutait fort que l'autre passe à l'acte. Toujours gêné, Jocelyn prit la carte et secoua la tête de haut en bas pour manifester son appréciation. Cette fois, il n'essaya pas de parler, mais un semblant de sourire se dessina sur son visage, comme si le geste d'Antoine le libérait d'un fardeau.

Ne trouvant plus rien à dire, Antoine lui prit encore la main qu'il serra dans la sienne et, en essayant de mettre dans sa voix toute la chaleur dont il était capable, il lui dit : « Ce fut un plaisir de te revoir, Jocelyn. Prends bien soin de toi et si le cœur t'en dit, donne-moi de tes nouvelles. » Ensuite, il lui tourna le dos et, sans se retourner, il se dirigea vers sa voiture avec dans le cœur plus de pitié que de rancœur.

13

L'ENTREVUE

IL AVAIT PASSÉ LA SOIRÉE À LIRE tout ce qu'il avait trouvé sur l'organisation, à essayer de trouver des réponses aux questions qu'on allait lui poser le lendemain. Il était minuit passé quand, fatigué, la tête pleine et les idées embrouillées, il décida d'aller se coucher.

La nuit fut courte et, en plus, il avait très mal dormi, sans compter les cauchemars qui avaient peuplé son sommeil agité. Il tenait tant à ce poste. Déjà, il pensait à la réalisation de certains de ses projets car, somme toute, le salaire était alléchant. Il n'avait jamais gagné autant d'argent dans une année. *Finies les fins de mois difficiles, maintenant je vais pouvoir planifier mon avenir et celui de ma famille*, songeait-il. Pour une des rares fois de sa vie, il se surprit à invoquer Dieu, demandant son assistance afin d'obtenir cet emploi.

Bien que la veille, il eût bien réglé l'alarme de son réveille-matin à 5 heures, il ouvrit les yeux une heure en retard et eut juste le temps de prendre une douche. Sans même se raser, les cheveux encore mouillés, il sortit en trombe de chez lui pour aller prendre le métro. La journée débutait mal. Après avoir attendu une bonne dizaine de minutes, il monta dans un wagon bondé où il fut pris entre un monsieur bedonnant qui respirait fort et le sac à dos d'une jeune fille. Pour se calmer, il se mit à penser à sa femme et à son fils qui dormaient encore et qu'il n'avait même pas embrassés avant de partir. Son fils lui ressemblait, la même tignasse blonde.

Le métro avançait, mais il lui semblait qu'il était plus lent que d'habitude. À ce rythme, il serait en retard, la pire chose qui peut arriver quand on se présente à une entrevue. Il sentit le rythme de sa respiration s'accélérer. Ses mains devenaient moites. Il allait rater sa chance, la chance de sa vie, le poste de rêve, et ses projets seraient mis au rancart.

Il consulta sa montre. Plus que dix minutes avant l'entrevue. Il sortit en vitesse du métro et se mit à courir en direction de l'édifice où il était attendu. Il poussa des piétons, joua du coude pour se frayer un chemin là où la foule était plus dense. Plus que cinq minutes. Toujours en courant, il traversa la rue pour franchir les portes de l'immeuble. L'ascenseur était à quelques pas, mais un grand homme noir à la carrure d'un joueur de football se tenait juste devant lui pour parler à une jolie fille. Son stress était au maximum. Pour un court instant, il oublia les gestes de civilité et bouscula légèrement l'homme au point de renverser le café que celui-ci tenait à la main. Il ne s'excusa même pas, s'engouffra dans l'ascenseur non sans avoir lancé du bout des lèvres : « hostie de nègre ». L'ascenseur s'éleva dans les airs et il se mit à penser à ce qu'il venait de dire. Il en eut honte. C'était la première fois que cette expression sortait de sa bouche. Bien sûr, il avait comme tout le monde raconté des blagues d'un goût douteux sur les Noirs, mais jamais il n'avait lancé de telles insultes en public. Il espérait de tout son cœur que les autres occupants de l'ascenseur ne l'avaient pas entendu. Il aurait aimé rebrousser chemin pour aller s'excuser, mais ça, ce n'était pas possible, il ne lui restait qu'une minute pour atteindre l'étage où l'attendait le directeur général. Et puis l'autre n'avait sûrement rien entendu.

À 8 h 30 exactement, il était devant la réceptionniste qui l'accueillit gentiment et lui offrit même une bouteille d'eau pendant qu'il attendait. De l'eau, il en avait bien besoin. Après une telle course, il transpirait, il avait chaud et son cœur battait très fort en plus de son stress qui avait doublé.

Quelques minutes d'attente, mais trop peu pour lui permettre de se calmer et encore moins pour récupérer. On le conduisit au bureau du directeur général. Nouvelle attente, qui sera brève lui dit-on ; son hôte avait un petit contretemps, mais rien de grave. Son pouls commençait à ralentir, il retrouvait son aplomb et était presque prêt à jouer le grand jeu, à répondre convenablement aux questions et à démontrer ses compétences. Il ferma les yeux, prit une gorgée d'eau et renversa la tête en arrière pour essayer de se détendre, ne serait-ce que quelques secondes.

Il était dans cette position quand il entendit son nom prononcé par une voix d'homme. Il ouvrit ses yeux qui restèrent écarquillés, sentit ses cheveux se dresser sur sa tête, n'arrivant pas à avaler l'eau qu'il avait encore dans la bouche ; celle-ci resta anormalement gonflée et son teint vira rapidement au rouge. En un instant, il fut comme paralysé alors que l'autre, debout devant lui, avait la main tendue et attendait qu'il la serre.

Voyant qu'il ne bougeait pas, l'homme s'informa : « Vous allez bien, monsieur Tremblay ? »

Il voulut répondre, mais encore sous le choc, il oublia d'avaler l'eau avant de parler et en ouvrant la bouche, il arrosa le grand Noir à la carrure d'un joueur de football qui se tenait devant lui. C'en était trop ; d'abord il eut le souffle coupé comme s'il avait reçu un coup en plein cœur, puis il fut pris de vertige, perdit connaissance et tomba sur le plancher.

14

L'ERRANT

JE DESCENDS DE L'AVION. Le vent chaud me fouette le visage. Un instant, je suis oppressé par le changement de température, mon corps s'étant habitué à l'air conditionné de l'appareil. Je souris, d'un sourire satisfait et égoïste, en pensant à l'hiver que j'ai laissé et aux autres en train de grelotter là-bas.

Je traverse la piste pour aller au poste de contrôle douanier. J'hésite un moment. Il y a deux files d'attente, les étrangers d'un côté et les Haïtiens de l'autre. Laquelle choisir ? Suis-je un étranger ? Est-ce qu'on me considère comme tel dans le pays que je disais mien, le vrai ? Je regarde les autres voyageurs, tous ceux qui ont un passeport canadien et qui parlent créole sont dans le groupe des étrangers. Je fais comme eux, non sans un pincement au cœur. Mon voyage commence mal.

Je suis content de revoir les lieux de ma jeunesse. Je suis déçu parce que tout a changé, le spectacle qui s'offre à ma vue fait disparaître les souvenirs que j'entretenais depuis mon départ, la réalité tue ma mémoire. Je me sens mal, j'accepte difficilement cette mutation. Quel sentiment bizarre ! Et moi qui pensais, le temps d'un séjour, renouer avec mon passé, préparer mon retour définitif.

Je ne retrouve plus mes amis. Je me renseigne ; beaucoup ont quitté la ville, la plupart reposent au cimetière et les autres végètent. Très peu réussissent à se tirer d'affaire. Je suis seul ou presque. Il faut que je tisse de nouveaux liens d'amitié.

Ça va mieux. Je m'habitue peu à peu, mais je sens que ce ne sera plus comme avant, qu'il y a une partie de ma jeunesse que je ne pourrai plus retrouver. Difficilement, j'essaie de faire mon deuil. Ainsi va la vie.

Le soleil tape sévèrement et j'ai du mal à le supporter. Il me semble que son ardeur a augmenté depuis mon départ. Est-ce l'effet de la couche d'ozone ou mon métabolisme qui a changé ? Je n'arrête pas de transpirer, et je me plains de la chaleur. On rit de moi. On m'appelle le « blanc », parce que, prétend-on, je réagis comme tel. Ironie des choses, là-bas, je suis le « Noir ». Décidément, les étiquettes me collent à la peau.

L'adaptation fait du chemin, mais il y a toujours ce mal qui persiste. Les gens affichent leur éternel sourire. Je renoue avec une chaleur humaine que j'avais perdue depuis vingt ans, cela efface un peu la misère qui me crève les yeux et m'aide à surmonter ma déception. Je m'efforce de prendre les choses du bon côté. Il me reste quelques jours de vacances, il ne faut pas les gâcher.

J'essaie autant que possible de m'amuser. J'ai de nouveaux amis et je finis par rencontrer quelques-uns des anciens, mais les liens sont usés par le temps et la séparation.

J'ai eu une nuit tourmentée et je me suis réveillé avec une drôle de sensation, le sentiment d'un manque indéfinissable. Mon mal a empiré. Je ne suis vraiment pas bien. Je vais sur la grande place. Je m'assois sur un banc pour regarder les passants, comme avant. Sauf que cette fois-ci je suis seul, aucun ami n'est venu me retrouver. Les passants aussi ont changé de visage, je ne les reconnais plus.

Je quitte la grande place pour rentrer chez moi, je n'en peux plus d'essayer de reconstruire des bribes du passé. Un mendiant vient à ma rencontre, il veut avoir de quoi s'acheter un dîner. Je lui donne quelques billets. Il me regarde d'un air étonné, me remercie, puis sans me quitter des yeux, me demande :

— Tu n'es pas d'ici, pas vrai ?

Un peu surpris par la question, je mets un instant avant de lui répondre.

— Pas tout à fait.

Il me regarde de haut en bas puis de bas en haut, pour ensuite enchaîner tout bas comme pour lui même : « j'en étais sûr ».

— Et pourquoi ? que je lui demande, étonné de sa déduction.

Il ne me répond pas. Il approche sa tête de la mienne et me murmure à l'oreille : « Un petit conseil, l'ami, ne reste pas plus longtemps dans ce foutu pays, c'est une terre maudite. »

Il me tourne le dos après m'avoir remercié une nouvelle fois, puis s'en va en continuant son monologue. Son comportement me trouble. J'en reste médusé.

Je me rends au bureau d'un ami, enfin un des anciens qui, lui, a réussi. Il occupe un poste important au sein du nouveau gouvernement. Heureuses retrouvailles. À la fin de ma visite, il croit bon de m'accompagner jusqu'à la sortie de l'édifice. Pas loin, des jeunes gens discutent. En passant devant le groupe, j'entends une remarque exprimée par l'un d'eux : « Encore un de la diaspora qui arrive avec ses diplômes et qui passera devant ceux qui sont restés et qui attendent. » Il pense que je suis venu demander une place, voler un emploi, comme on dit là-bas. Encore des étiquettes. Je fais la sourde oreille.

Longtemps après, l'avertissement du mendiant et la remarque du jeune me poursuivent. La mélancolie me gagne. Je la noie dans du Barbancourt.

Je passe les autres journées à profiter du soleil et de la mer, c'est déjà ça de gagné. Je persiste à vouloir me considérer comme l'enfant du pays, mais à chacune de mes questions, à chacun de mes raisonnements, on me rappelle que ce n'est plus le cas et qu'il faudrait plus que le temps d'un séjour pour me retremper vraiment.

Je suis dans l'avion qui me ramène à Montréal. J'ai le cœur gros. J'aurais aimé prolonger mon séjour, me donner du temps pour redevenir le fils du pays, comme avant, mais je ne peux pas. Je me sens comme celui qui quitte un spectacle avant la fin et qui ne sait pas s'il va manquer la meilleure partie ou si ce qu'il a vu résume l'essentiel.

L'hôtesse me sert le repas, mais je ne peux rien avaler. Pas d'appétit. J'ai un goût d'échec dans la bouche, n'ayant pas réussi, le temps d'un séjour, à faire corps avec le pays qui m'a vu naître. Mes années d'exil m'ont marqué à jamais.

Au-dessus de la ville, la voix du pilote transperce les haut-parleurs. Elle annonce qu'il fait moins vingt-deux degrés Celsius à l'extérieur. Quel contraste avec ce que je viens de quitter ! Je me surprends malgré tout à ressentir une certaine joie de revoir Montréal. Dorénavant, je vais devoir jouer sur les deux terrains sans peut-être gagner sur aucun des deux, j'oscillerai entre le Nord et le Sud, je vais errer entre deux mondes.

TABLE DES MATIÈRES

L'Interligne
435, rue Donald, bureau 337
Ottawa (Ontario) K1K 4X5
613 748-0850
communication@interligne.ca
interligne.ca

Codirecteurs de collection : Frédéric Lanouette et Christine Klein-Lataud

Conception graphique des couvertures : Suzanne Richard Muir
Graphisme : Guillaume Morin
Révision et corrections : Jacques Côté
Distribution : Diffusion Prologue inc.

Les Éditions L'Interligne bénéficient de l'appui financier du Conseil des
arts du Canada, du Conseil des arts de l'Ontario, de la Ville d'Ottawa et
de Patrimoine canadien.

Les Éditions L'Interligne sont membres du Regroupement des éditeurs
franco-canadiens.

*Ce livre est publié aux Éditions L'Interligne
à Ottawa (Ontario), Canada. Il est composé en caractères
Adobe Caslon Pro, corps douze.*